# DEFORMAÇÃO

Coleção Paralelos
Dirigida por J. Guinsburg

Equipe de realização — Capa: Studio BeCe; Produção: Plínio Martins Filho.

# DEFORMAÇÃO
## Vera Albers

EDITORA PERSPECTIVA

Copyright © Editora Perspectiva, 1980.

Direitos reservados à
**EDITORA PERSPECTIVA S.A.**
Av. Brigadeiro Luís Antônio, 3025
01401 — São Paulo — Brasil
Telefone: 288-8388
1980

Para J.A.

Nos plus beaux souvenirs fleurissent
Sur les Andes, dans les lontains châteaux
D'une lontaine Espagne.
Ils nous disent le temps perdu
Ô, ma compagne.
Et ce blanc nénuphar c'est ton coeur de vingt ans.
Un jour nous nous embarquerons
Sur le temps de nos souvenirs,
Et referons pour le plaisir
Le doux voyage de la vie.
Un jour nous nous embarquerons,
Mon doux pierrot, ma grande amie,
Pour ne revenir jamais plus.
Nos mauvais souvenirs mouriront
Dans le temps de ce lontain château
D'une lontaine Espagne.
Et nous ne garderons pour nous, ô ma compagne
Que ce blanc nénuphar
Et ton coeur de vingt ans.

JUNHO, 1963

Matilde, você também se inscreveu nas aulas de literatura?
Apaixonante. Sim. O curso. E o país também.
Estou aqui há dois anos.
Mais dois. Depois verei, depende. Talvez fique, talvez volte.
Fencer: esgrimista. He was the greater fencer in Italy — Hemingway is exaggerated.
He distorts reality in order to be impressive. Mania de escrever sobre um país que não é o dele. A mesma coisa de Górki. Não captam a essência.

Victor Hugo a pris parti contre Napoléon III, à la chute duquel sa famille se fixa à Paris.
O rococó era caracterizado pelo minueto de Boccherini e pela Nachtmuzic de Mozart. E pela camareira que lamentava, pelos restos de seus dias, ter quebrado o serviço de porcelana de Amiens de sua dona.
Você gosta do professor frâncês?
Eu — ainda não sei. Admiro muito.
E você?
Não sei. Tudo vai adquirindo um valor tão relativo. Afinal, vamos ou não vamos assumir esta máscara da personalidade? Impressionante o quanto, aos poucos, as frases daquele mestre alemão vão se esculpindo na minha mente.
E sua morte tão repentina... Haverá algum sentido nisto? Já ia dizer que só Deus sabe. Estas frases feitas. Quase me envergonho de usá-las. Estou na fase de renegação. Naturalism without God. Zola, Darwin, Hemingway. Sinceramente acredito mais nesta visão. Mas é claro.
O passado é muito importante para mim. Minhas raízes permanecem ligadas a ele.
Sinto um amparo físico.
Mas se você tiver de escolher entre o sim e o não?
O Marcos diz que escolheu o não.
Eu sou um cara que tem 99% das probabilidades de ser feliz porque eu acho que a vida não é uma ilusão. Vocês nunca vão ser felizes.
Pois, eu acho que cada um pode sonhar a felicidade que quiser.
Sonhar, sonhar. Não mude de assunto. Assim você nunca chega a uma conclusão.
Pois é. Prá que conversar? Você é muito dogmático. O que eu sou — eu sou. Não quero mudar.

Pausa. Uma idéia puxa outra. Escrevo a esmo. Será que vai servir para alguém o que se escreve? É tão difícil que alguém pense e sinta como você. Ninguém pode ser ninguém. Ninguém pode julgar. E, principalmente, nunca condenar. A pessoa não serve? Evita-se. Não obstante, uma pontinha de condenação permanece sempre latente nesse afastamento. Depois disso, eu nunca mais... E conta-se aos outros. Pronto. Está feita a condenação.
Cimento.
Sono
Decote.
Japonês lamentável.
Que nada. Nós somos os outros. Participamos deles. Eu envergonho-me muito por eles.
É como se eu mesma estivesse fazendo — errando — gaguejando, enrubescendo. Cada um é responsável pelos outros. Não se ganha fugindo, mas enfrentando. Nem sempre é verdade.

## SOLILÓQUIO NOTURNO

Afinidades eletivas — Goethe
Maria Stuart — Schiller
Moedeiros Falsos — Gide
Que diferença há entre fundar um banco e assaltá-lo? — Brecht
Foi bom ter tido uma governanta alemã? É isso. E a psicologia? A cada um, segundo suas necessidades. No fim do ano mudo-me de casa. Estou torcendo por este país como se fosse o meu.
"O Pagador de Promessas" ganhou a palma de ouro em Cannes. Estou comovida. Choro.
"Serão encampados os serviços públicos". Outro aperto.
"Diante do universo o indivíduo é". Mas, ser como? Quando voltar das férias vou entrar no curso de filosofia.

JULHO

Meu caro Luís
        não acredito no destino, ou, ao menos, naquilo que se costuma chamar destino — sem embargo, confio-lhe, na sua inexistência, a realização de meus melhores sonhos. Esta viagem desvendou-me coisas que jamais percebera, entretanto, apesar de minha consciência ter se tornado mais flexível, continua sendo sempre a única coisa em que realmente confio. Tenho certeza

Amado Mariano
        como te disse aquela noite no Rio, gostaria de poder viver muitas vidas diferentes. Numa delas, que agora me limito a imaginar, viria à Colômbia viver como vives. Caso sintas também

Fernando
        Senhor: é possível no mundo uma terra mais querida que esta e para sempre. Não consigo dizer mais nada, mas eu

Querido Philippe
        estou por demais presa ao mundo em que vivi. Só o destino poderá mudá-lo, ou o tempo, quem sabe. Você não imagina com que tristeza eu reconheço, seria tão maravilhoso entregar tudo a ele, deixar que ele dispusesse de nosso futuro, de tudo. Toda vez que pensar em você me lembrarei

# AGOSTO

Tirez vos chapeaus, messieurs, un génie.
A modéstia é a arma dos hipócritas e a sua recíproca, a adulação.
A arma da aristocracia: a hereditariedade dos gostos e das tendências.
Minha arma: pourquoi pas?
Quer você ser esse amante?
Caramba. Je vais jusqu'au bout. Não tolero o desperdício. De vida, principalmente.
Renúncia — o que há de mais vil. Risco previsto. É isso.
As cartadas da vida. Grande frase. Estou apaixonada por ela.
Aprender de cor os poemas. Torná-los obsessão.
Comprar a antologia de Manuel Bandeira.
E o Lula?
Que medo tenho que não me encontre.
Não quero ser folha solta. Quero ser presa ao tronco. As pérolas que se afastam ficam pretas. Quero voltar ao mar.
Nostalgia pungente, lessiana.
Da terra, do sol, do azul, da resina, da areia, do cravo vermelho.
Infância — câncer do meu ser.

Mauro, você esteve em Paris o ano passado? Eu tenho verdadeira psicose pela Inglaterra.
Seu tipo é um pouco alemão.
Digo, porque não: sentimos falta do elemento feminino. Do outro sexo. Uma mulher não se pode conhecer superficialmente. Dou-me bastante bem com minha família. Não sou religioso, batizado, nem nada. Meu avô era anarquista. Uma época fui anticlerical. De vez em quando saio com moça. Com mulher. De vez em quando é preciso.
Essência morna de calor e lavanda, músculos tensos. O pingo do i redondinho como o Lula.[1]
Les lions sont lachés. Vivaldi, Scarlatti, Corelli, e Mozart. Poesia só presta se engajada. Vou para Brasília. Um beijo na face esquerda. Meio abraço silencioso possante interior. Brasil e a Aliança para o Progresso.
*Tu quoque Brute.*

## 15 DE SETEMBRO

Até logo.
Até logo.
Terminei com o Marcos.
Os olhos dele eram amarelos
Olhos de apaixonado
Gato, gatão
será mesmo?
Não perdeu tempo.
Foi encontrado abraçadinho com a Neusa — olhos de rato mosqueado
Tudo dá certo
E eu?
Sabia tudo de cor.
Mulher desde a nascença.
Cabelo na boca
Corpo de amante, pele macia, sedosa mesmo. A boca, então, partida, treinada: você vai ser uma vagabunda. Amará a todos.

Matrimônio? Que coisa mais ultrapassada
Numa jogada de pôquer aposta três mil cruzeiros, assim.
Circuito paralelo. Que é isso?
Sessão linfática do adeus,
Dilaceramento do impossível.
A Marisa é besta. Evoluir custa sangue.
Sangrarei em breve.
Depois do que
a testa na parede
Derrière la bagnoire
Adeus.


Pensar é realizar formas, como cristais
Cranach, Dürer, Grünewald... os grandes góticos — inquietos, móveis,
corrente subterrânea que explode no expressionismo.
Shönberg et Sartre et le monde parfait — ça n'existe pas..
As pessoas que nos anulam devem ser evitadas.
É a hora do leão de Nietzsche
E dos judeus de chapéu.
Pensar. Pensar é a grandeza do homem.
Amanhã começo a estudar filosofia.

# OUTUBRO

Conhecem aquela variedade de hera que se agarra aos muros velhos e finca suas raízes nas fendas, desesperadamente? Era dessa que crescia na casa do Dr. Rivère, na parede em frente ao escritório que ocupava a parte dos fundos da construção. O andar que submergia do chão era o único habitado, talvez as cantinas e os porões apenas servissem como área de ventilação, só.

O importante mesmo, na casa, era que cada quarto comunicava com o outro, circularmente, de modo que, do quarto de hóspedes até o escritório, onde estagiaria três horas por dia, eu tinha praticamente que atravessar a casa toda. Sua topografia agora, já a sabia de cor. Poderia chegar lá de noite, sem esbarrar em nada.

Portas fechadas. Graças à conversão — estava dizendo o Dr. Rivère a algum ouvinte mais privilegiado — cumpre-se a apropriação espiritual, que esconde o que encerra. — Esconde o que encerra? Como será isso — pensei com certa aflição. Antes que o ruído da cadeira me fizesse voltar às pressas a meu canto ainda consegui discernir, claras e impessoais, as palavras do Interlocutor: "Fica então esclarecido que as emoções, pelo fato de existirem sem a determinação de uma intenção, estão condenadas."

À noite, não consegui dormir. Minha perplexidade durou horas. Embalou-a finalmente uma música cristalina de riachos e correndo sobre pedras rosadas e os acordes de um instrumento desconhecido. Vi trepadeiras floridas, abraçando janelas verdes e vi galhos de árvore abanando levemente à brisa de uma manhã de sol. Como podes julgar sem conhecer-me — dizia alguém em meu sonho — sem ter esperado que a aurora me fizesse florescer e secasse as gotas de orvalho natural pousadas no meu ser?

Vingas a lembrança de um passado que já não tem retorno e a amargura por algo que foi, que poderia ter sido, que poderia não ter acabado, sobre mim que sou, que seria, que teria podido ser se apenas o tivesses permitido, se apenas tivesses esperado um pouco mais. A possibilidade de ser, esboçada, mas estranhamente retida por uma película transparente de racionalidade impermeável a meus apelos, retrai-se agora, temerosa.

Na manhã seguinte, quando chegou minha vez, confessei ao Dr. Rivère minha curiosidade da véspera. —Toda preocupação pelo que estaria certo ou errado, nesta fase em que você se encontra é sintoma de uma falha passada em seu desenvolvimento intelectual.

Assimile a experiência que lhe é dado ter sem questionar as causas.

Se você se encontrasse no estágio de quem estava comigo, ontem à noite, saberia que há conjuntos singulares de acontecimentos que transbordam, por sua amplitude, e que se pode decidir, porque ultrapassam o que se pode conceber. Se não os esperar, não encontrará o inesperado... — Sim, mas a intenção... — A intenção tenta opor-se ao inesperado como o aberto ao infinito — Sim, mas a emoção? — A emoção é o espírito que se procura, a intenção o espírito que se encontra. — Sim, mas ouvi dizer que as emoções estão condenadas... O que você ouviu dizer é um exemplo de estilo. O estilo trai e muitas vezes atraiçoa a intenção de seu portador. In all unimportant matters, style, not sincerity, is the essential. In all important matters, style is the essential. Eis uma frase para você meditar. Era de um poeta que tinha estilo, por isso qualificou sua existência. Mas era de um poeta por demais sincero, por isso morreu jovem.
— Mas então... eu já não entendo... — Já não entende por que sua curiosidade fez com que você se entecipasse à continuidade concreta de seu conhecimento. Por isso não assimila a experiência e quer analisar as causas. Está vendo? As dialéticas intelectuais em que é solúvel o conhecimento têm sua força própria que se é eficaz, em sua abstração, quando posta em contato com energias espontâneas, íntimas, selvagens e generosas... Agora vá, ponha em prática o que tiver conseguido captar e amanhã apresente-me seu relatório.
— Posso escolher o título que for?
— Naturalmente.

## RELATÓRIO Nº 1

Campanha nobre: cipreste e oliveira. Formas arredondadas no horizonte ocre e sena. O feno cortado e amontoado à espera de uma estação mais fria. Cheiro de paz. Velhos de mãos de madeira áspera à espera da uva que chega: cachos de ouro e prata. Metade do lucro da colheita pertence ao conde, antigo herdeiro daquelas terras, presente agora na figura do filho que leva ao dedo o anel, e no coração a sombra das estrelas. Mimetizo-me. De dia leio as máximas de S. Nicolau e de noite...
Por que não poder ficar, até que se esgote o encanto deste parêntese de felicidade?
Por que ter que voltar a este abismo incerto que devora meus dias de juventude e me arranca de mãos tão sábias e lábios tão doces? Por que prazos estabelecidos, se me ensinam a aguardar o imprevisível? Agora que estou longe sinto-me tão irremediavelmente perto

## PARECER

Especularidade. Torna-se impossível distinguir, na consciência do sujeito, entre o objeto e seu reflexo simbólico.
Visão encantatória.
Delírios coerentes e intencionais.
Espetáculo que você dá a si mesma: ilusões que se fascinam mutuamente e estilhaçam a verdade.

## RECURSO

Mestre,
    Eu bem sei que qualquer definição correta do fato científico tem por efeito empobrecer a realidade sensível e portanto desumanizá-la.
    O senhor bem sabe que minha tendência não é para a processualização dos fatos científicos. Não procuro a verdade. Procuro a minha verdade. Entre consciência e experiência... Mestre, o senhor percebe que para mim elas não passam de duas simples etapas cuja antinomia há muito superei unicamente graças à minha inconsciência? Ensine-me a agir, mestre. A agir sabiamente. E que minha sabedoria, ao menos para mim, não seja equívoco.

## RESPOSTA

Conhecimento, Ação e Reflexão. Pratique.

# CONHECIMENTO

A moral é a energia que alimenta a ação.
A moral é a que dá forma à vontade.
A vontade de cada um surge como reação determinada em virtude de certos obstáculos.
A ação moral é a ação em função de uma determinação.
A vontade dirige-se por intenções que indicam, cada uma, um ideal determinado a realizar.
O espírito propõe o ideal.
A vontade é moral quando cada intenção VALE.
A vontade moral deverá obedecer a um dever determinado (ESTILO?), para que não permançça vaga, virtual.
A vontade moral liberta a VIDA da tirania do instante, protege a mim do impulso e do capricho (dispersão da dinâmica recôndita da consciência pessoal), assegura-lhe regularidade e perseverança, sem AS QUAIS nada de importante se pode fazer.
Como saber quando a intenção VALE?
    Quando a hipótese de sua realização prefigura um progresso em sua VIDA, (em seu estilo de vida?) acrescentando-lhe, ao menos, um sentido (sentimento?) de infinitude inerente à existência vivente.

## RELATÓRIO Nº 2

Do velho palacete esbranquiçado, ou melhor, do fausto do velho palacete esbranquiçado restava apenas o portão lateral, em ferro batido e o parapeito de mármore, da janela abastardada. O resto fora engolido pelos prédios anônimos que foram se encostando nele, se encostando nele, até sufocá-lo. Foi a esta porta que Daniel bateu. Por que será que a vida de certas pessoas é tão mais interessante? Órgão em lugar de piano, lenha natural em lugar de embuia patinada, cozinha em lugar de cantina...
Voltaire e os jesuítas. Pertencera aos jesuítas o palacete em questão. (Jerez/... Jesuits (encontro no dicionário): they have for their end the spiritual perfection, not only of themselves but of others... então é isto... — este esmero, este requinte faz com que os outros também queiram participar, se nobilitar...). O jovem padre que nos atendeu estava a par do assunto — a campanha difamatória de José de Carvalho e suas conseqüências nas missões do Brasil. Entregou a Daniel um rolo de papéis preso por uma linha branca. Mande-nos seus escritos — seu velho pai vai ficar contente de recebê-los. E venha nos visitar. Estamos sempre lá, nós e as criaturas (nossas criaturas). Quando voltamos do sol impiedoso do asfalto desarborizado, andamos longo tempo em silêncio. Sabia onde estava a alma de Daniel. Nas dobras daqueles escritos seculares, na fresta da poeira e luz que incidia sobre a mesa de Antônio Vieira. (Exercício nº 2: the purification of the soul from disordered affections).
Enquanto Daniel estava aqui, mesmo que o visse uma vez por semana, mesmo que adivinhasse sua presença, sem vê-lo, tudo estaria bem.
Mas, e depois?
Como resistir à força niveladora da solidão perpétua (perpétuo tem começo?). — Para quem me alindar, para quem ressuscitar?
Frailty, thy name is woman...
Acabarei no balcão daquele bar, como o pobre Jorge filho de mãe solteira a tomar um cafezinho expresso e...
Por que a vida de certas pessoas é tão mais interessante?

# REFLEXÃO

Sabe, mestre, o que me ocorreu pensar?
Que todo este esforço que eu faço para descobrir um estilo de vida que me interesse não existe para Daniel. Nele é tudo tão natural, tem tanta graça. Nele o mínimo de esforço consegue o máximo de efeito.
Nele a vida é um suceder-se de amplificações, não de progressos. Daniel não precisa de Moral, nem de Dever.
Daniel é um artista.
Mestre, a graça é um dom ou pode ser obtida?
Se é um estado, como chegar a ela, a esta graça criadora, à solução?

CONHECIMENTO

Determinação. Consciência: nós determinamos fins e regras e entre estes dois aspectos de nossa existência, que se opõem; devemos, a cada instante, inventar o EQUILÍBRIO.

Projeto. Não é uma previsão. Emana de nós e tem capacidade de alterar o que era previsível no decorrer natural dos acontecimentos.

Ação: exclui uma meditação por demais insistente sobre a possibilidade de seu êxito e sua legitimidade.

Atrativo: energia de transição entre o ser o o porvir.
Desejo: condicionamento da exigência.
Valor: indeterminação originante.
Fato de valor: força de evidência, concurso de mediações delicadas, sensibilidade.
Potências (?): a vida envolve potências das quais recebemos convicções mais firmes do que as crenças nas quais o sujeito reconhece sua subjetividade ou as certezas que permanecerão abstratas, incompletas ou hipotéticas.
Conclusão: não relaxar a tensão dentro da consciência viva.

RELATÓRIO N? 3

Chovia na grande cidade. Chovia fino e regular e devia ser vinte horas. Através das pestanas irisadas via os raios dos reclames luminosos se decomporem em chispas de azul, de amarelo, de vermelho enquanto o rastro chiante dos pneus salpicava tudo de prata velha. Era uma cidade arborizada. Olhei para a fachada do hotel onde me esperavam, fazia uma hora. Fazia uma hora, estava parada sob o toldo da redação do jornal. Fosse ou deixasse de ir, o sofrimento era certo. Por um lado o veneno frio do desperdício, por outro o vácuo abismal da mortificação, não apenas inútil, mas redutora. Desta vez, o acaso tantas vezes invocado interveio e decidiu pelo adiamento. (Como é possível dar prosseguimento a um projeto quando se pressente que sua consecução é começo de sua derrocada? E a causa de sua destruição é justamente esta moral sem a qual não haveria atrativos?). Desta vez segui a pessoa (Clarice) que me encontrou debaixo do toldo e que me levou, no fim de semana, ao sítio da família. Caminhando pelos atalhos de pedregulho, lado a lado, um patrício jovem e inocente que encobre prenúncios de paixão, à majestosa sombra dos eucaliptos, esvaindo-se em palavras. Sinto-me distante, alheia, nauseada. Por que jovem se eu gosto velho, por que sol se eu quero lua?

# DIÁLOGO COM CLARICE

— Clarice, nós somos diferentes. Não há dúvida de que a liberdade a que você se refere, eu também a conseguiria, mas acompanhada de remorso e... vazio.
— Thus conscience does make cowards of us all...
— Aí é que está a diferença. Se em mim falasse a consciência, falasse mais alto, quero dizer, seria covarde, e fim. Mas ela fala tanto quanto meu desejo de determinação, de mudança, no caso. As duas se opõem e eu sofro. Mas, é preciso agir?
— É. O equilíbrio você o inventa depois...
— Agir em nome de que convicção, de que potência se a conjuntura é nefasta e a vida tão pouco estimulante?
— A mim, basta-me pensar no tempo que passa. Você quer maior estímulo do que a morte que chega?
— Eu, até agora, tenho agido apenas em estado de completa alienação.
— Por que o Dr. Rivère marcou apenas para o fim do mês?
— Como assim, loucura?
— Estou dando voltas e mais voltas, presa a um mesmo eixo. O Dr. Rivère mandou voltar apenas no fim do mês?
— Não. Mas talvez mais tarde consiga explicar... As palavras são muito perigosas. E estou muito impressionada pelo texto que Jorge quer que interprete:

> Estendi um varal sacrílego
> No pátio do colégio.
> No claro da noite,
> Ninguém reparou.
>
> A água pingava
> No pátio marrom.
> A peça aumentava
> O receio do dia
> Que chegou.
>
> Quem teve a ousadia?
> Ouvi a mensagem
> De reprovação
> Enquanto corria
> Enquanto colhia
> O que não secou.

— Ora, sendo ele quem o escreveu até que é bastante compreensível.
— Não é só isso, Clarice, vê como você não entende?
Clarice: como não entendo? Eu já passei por isto.
Mas as respostas que você me dá... me simplificam demais. Talvez a solução do problema seja simples (todas as soluções o são) mas para chegar a ela é preciso percorrer todos os meandros da experiência. Caso contrário, ela não me convence, ela não me sustenta.

Clarice: É natural;
Natural. Isso sim. A natureza é fonte infalível de explicações, para mim. Ontem à noite fui ajudar Daniel, na cozinha. Havíamos catado caramujos na encosta.
Ia prepará-los à moda de sua terra, eu me propus limpá-los. (Adoro tirar coisas de seu bruto.) Eram mais de quinhentos. Aos poucos fui adquirindo a técnica adequada. Com a unha do polegar cortava o pé bem na raiz dos labirintos, que arrancava da concha com a ponta de uma faca. Todas estas espirais de areia cinza que eu joguei são bem a imagem do que eu quero que você entenda. Elas só se eliminam na hora da comunicação mas são indispensáveis... são sujas, são nojentas feias, mas são... todo o processo.

Clarice: É você que quer complicar as coisas. Este processo não é feio, como você diz.

— Aí é que está a diferença entre nós. O que a trouxe aqui, adivinho, é a lembrança de uma linda infância, o esteio de uma adolescência pelo menos digna, que agora você quer continuar, você quer completar, naturalmente.

Clarice: Naturalmente.

— O meu passado não transborda. Berra. Estou continuamente deplorando o que não aconteceu. Não que eu renegue as escolhas que faço, apenas gostaria de poder escolher ao mesmo tempo todas as alternativas válidas.

Clarice: Pois eu acho que a escolha de uma alternativa e não de outra é irremediável função do que se é no momento e não do que se poderia ser.

— Irremediável... é a palavra mais triste que eu conheço. Recuso-me a aceitá-la. É falsa e grosseira. O que não tem remédio deixa automaticamente de me interessar. Aliás, nem existe, é como negar-se a contínua transformação de tudo...

Clarice: Ache o que quiser. No entanto, a lei das probabilidades possíveis...

— Prefiro a do acaso impossível.

Clarice: Você está vendo. Não dá para raciocinar com você.

— Pois você vai ver. Um dia ainda hei de escolher algo bem além de qualquer raciocinar. Senão, você quer me dizer, como é que a gente vai viver? Em nome de quê?

Clarice: Você é que vai ver

# TESTE DE AVALIAÇÃO

1. *La valeur sans pouvoir est assez inutile*

(Por isso estamos aqui? Tudo foi muito bem pensado. Poder nós temos, não interessa sobre quem...)

2. *L'habit change les moeurs ainsi que la figure: pour juger d'un mortel il faut le voir tout nu*

(Louco e nu é a mesma quase coisa? )

3. *Le vice fuit ou il n'est point la mollesse.*

(Sim, mas junto com o vício outras coisas... Vou discutir com o Dr. Rivère o que disse M. Foucault.)

4. *Dans ses écrits, un sage italien*
   *Dit que le mieux est l'ennemi du bien.*

(Que o disse um ditado italiano é verdade: "Stavo bene, per star meglio mi trovo qui" quanto ao resto...)

5. *Avec l'orgueil, compagnon dur et triste;*
   *Bouffi, mais sec, ennemi des ébats*
   *Il renfle l'âme, et ne la nourrit pas.*

(Isso é verdade, mas, por minha própria experiência, devo acrescentar que se não alimenta a alma, alimenta o ego. (Estarei blasfemando?) Detesto lembrar-me de quando não fui orgulhosa. Tenho orgulho de ter podido ser orgulhosa, alguma vez ignara, em criança.)

6. *Et je crois*
   *Qu'un beau secret c'est de vivre chez soi*

(Ora, mas é claro. Nem sei por que deram esta máxima.)

7. *Elle fut douce, attentive, polie.*

   *Vive et prudente; et prit même em secret*

   *Pour charbonnier un jeune amant discret,*

   *Et fut alors une femme accomplie.*

(Muito me admira que M. Voltaire passe por boa uma conclusão tão plebéia. (Classe média, diríamos hoje?) Então, sinceramente, prefiro Sócrates.)

8. *Madame – lui dit il – voilá comme sont faits tous les jeunes gens, fussent ils amoureux d'une beauté, descendue du ciel, ils lui feraient dans des certains moments, des infidelités pour une servante de cabaret.*

(Ora, de novo? Dane-se. Não é disso que quero falar. Fornicação ou genitalidade? Pois que seja... mas com alguém que tenha algo a dar, fora do sexo. Algo a dar e que fique. Já nem disso quero falar mais. Enjoei-me. Cada um sabe o que lhe falta: o que deseja, deseja aquilo que lhe falta, sem o que, se não lhe faltasse, não o desejaria. "E por ser filho de Pobreza e de Recurso, filho de Prudência, foi esta a condição em que Amor ficou. É duro, seco, descalço e sem lar, sempre por terra e sem forro, deitando-se ao desabrigo, às portas e nos caminhos, porque tem a natureza da mãe, sempre convivendo com a necessidade. Segundo o pai, porém, ele é insidioso com o que é belo... e corajoso, decidido mesmo. É caçador terrível, sempre a tecer maquinações, ávido de sabedoria e cheio de recursos... a filosofar por toda a vida, terrível, mago, feiticeiro, sofista.

Ora ele germina e vive, quando enriquece; ora morre, de novo ressuscita, e o que consegue sempre lhe escapa, de modo que nem enriquece, nem empobrece, como está no meio da sabedoria e da ignorância. E é nisso que está o triste da ignorância: no pensar, quem não é distinto e gentil, nem inteligente, que lhe basta assim. Não deseja, portanto, quem não imagina ser deficiente naquilo que não pensa ser-lhe preciso". Os ignorantes n ã o m e i n t e r e s s a m.)

9. *De courir le monde et de m'éviter à moi-même*

(Este, sim, é o discurso que eu quero. Ah! Se soubesse por que me evito e o que evito! Como é possível que tudo que procuro esteja dentro de mim? Eu só me acho na medida em que descubro o mundo. Assim, variado disperso fragmentado...)

# NOVEMBRO

— Dr. Rivère, puxa, o senhor deixou-nos todo este tempo... Senti tanta falta de seus argumentos. Se amadureci? Nem sei. Fiquei dando voltas e mais voltas... Alguma coisa aconteceu. Sim. Aquela nova aluna que chegou, tão determinada, como a invejo. Clarice contou-me de sua infância. (Não sou como ela, tenho mais caridade.) Daniel partiu. Preenchi o vazio de sua lembrança com uma ilusão que acarinhava há muito. Mas não tive coragem de entregar-me. Senti que não estava preparada — ao mesmo tempo, será que ele me merecia? Mestre, alguns escrevem porque sua vida transborda. Eu escrevo porque a vida me dá tão pouco.
Até que ponto a sociedade tem direito de exercer uma coação moral e material sobre o indivíduo? Se a lei do indivíduo é ser, para sê-lo é forçoso enganar a sociedade. Mas a culpa envenena o gozo. E a solidão resgata a culpa mas resseca a vida. E ainda há o remorso. No beco em que me encontro só me resta conviver com a culpa.

— Que frases! A moral não pode depender da metafísica. A ação humana não pode ser só objetiva mas também não pode adorar o seu reflexo. Faça um exame de consciência: houve desinteresse? Estava consciente? Soube querer e o que querer? Manteve sua imparcialidade? Estabeleceu uma hierarquia entre atos e desejos? Se for moral o pensamento tende a realizar-se, não é contemplativo. Deve, *por isso mesmo* preocupar-se com os meios de sua ação.

— Mas, Mestre, foi isso mesmo que eu fiz. E é por isso que eu não fiz. E agora que este maldito Dever, triunfou, sinto-me tão vazia.

— Prazer e sofrimento são os sinais do ato moral.

— Mas, Mestre, e a vida...

— Deve afastar esta teoria, justificar um ato pela necessidade de vida.

— Mas, Mestre, assim eu estaria rejeitando o Acaso, que é tudo em que acredito. Se o acaso me deu isso, por que não esgotá-lo?

— Reflita. Não há constatação imediata de um princípio. A opção cabe à consciência. Não é saindo do consultório de um psicanalista que você vai ter a solução. Vai ter que inventá-la, isso sim, em base do que adquiriu. A cada instante. A solução é uma adaptação constante. O pensamento nasce e morre no seu fim. É apenas uma fórmula de movimentos possíveis. E você não precisa organizar uma crença, um comportamento. Procure perceber o objeto separado do seu eu.

— Sim, mas o sentimento é o órgão para transbordar de si próprio e entrar no objeto alheio. Só depois de muita reflexão: não cria, mas organiza.

— Mestre, por favor, não me venha com Rauh nem com Durkheim. Já estudei tanto. Já lhe disse que não me interessa a Verdade. E tanto menos a Sociedade. Quando sair daqui, não terei pátria.

— Mas haverá sempre outros, nos quais aplicará os essenciais de seu dever. No fundo é simples. Pensar a cada instante: "em meu lugar, havia outra maneira de agir?"

— Mas esta é a ética do fato consumado. Não me contento de girar na própria órbita. Quero saber se após a opção haverá uma outra chance. Quero outra chance.

— Não se aflija. Deixe o acaso acontecer. O modelo surgirá na própria ação. A contradição será resolvida *in actu*. Este, o encanto da vida.

# REFLEXÃO

Com que humana impaciência espero o acaso acontecer.
A cada instante me pergunto. É um acaso válido?
Estou estudando Lamarck e Pauli.
Aferro-me à Termodinâmica. Sou eu também um sistema macroscópico à espera de homogeneização. As transformações se sucedem, incessantes.
Que virá agora?
Ao Jorge, poeta louco, novamente, a síntese.

# TEMA PARA DISCUSSÃO

É o comportamento moral ambíguo em relação ao ser moral?
Vejamos os postulados:
Kant: através do comportamento moral o ser aspira a uma maximização de sua realidade (as éticas dão as receitas para a maximização).
Sartre: a liberdade é a fidelidade do sujeito em relação a si próprio.
Spinoza: idem.
Fichte: o agente moral inventa novas tarefas progressivas.
Hegel: o indivíduo deve ser astuto para se realizar
    o homem inventa o caminho que irá seguir
      para se ser moral, deve-se realizar desvios, não atacar o objeto diretamente, mas planejar uma tarefa. A realização de valores é diferente do desejo bruto.

     A educação realiza a mediação entre o nível de vida espontâneo e o da moralidade. Consegue-se um mais ser, concebido como a separação do conflito em profundidade. Atinge-se o equilíbrio ético quando, embora se respeite a especificidade de vários pólos, consegue-se drenar a maior parte dos interesses para um objetivo comum.

     Se o equilíbrio é sofrido quer dizer que há recalque de um ou vários termos do equilíbrio em foco. Não adianta um equilíbrio oscilatório por justaposição, nem equilíbrio por fusão de tendências antagônicas: cada um fica entregue a si próprio.

## DISCUSSÃO

Mestre, apenas uma objeção: o Tempo. O tempo, mestre, e, novamente, o acaso.

## DIÁLOGO COM A COZINHEIRA

Velha Ania, o que fazes aqui?
Você não sabe, menina, cozinho e cuido de meu filho.
Eu sei, mas antes, antes. Porque estás sozinha, amando a pessoas que nem pessoas são. Cozinhando para elas, procurando agradar, esperando afeto, proteção, migalhas, de prestígio e sofrendo como amante à sombra de seu desprezo.
Não estará deslocada toda esta abnegação?
Por que você me fala assim?
Foste famosa, jovem. Não é possível que não tenhas tido casos de paixão. O que fizeste deles?
Nada fiz. Gostava de meu marido.
Mas e depois, depois que ele morreu? Não acredito.
Eh, depois, eu te confesso, teve três desgraçados que me arrastaram muito tempo a asa, mas não tive coragem. Cinema, teatro, restaurante. Não tive coragem de ter amante com minha mãe viva. Nem depois, com medo que surgisse algum escândalo.
Que escândalo, Ania, com quem? Perdeste todas as tuas chances e agora temes a hora em que irás sozinha para o túmulo. Para que sociedade viveste? Que lembranças levas contigo?
É verdade menina. Dentro de mim a moral foi mais forte que o sexo.
Bem que Turguenev disse em *Ninho de Nobres* (ou foi Liérmontov?): a moral mata as pessoas.

# REUNIÃO DO CONSELHO

                                        c  
                                         o  
                                       n  
                                        f  
                                          i  
                                          d  
                                           e  
                                             n  
                                               c  
                                                 i  
                                                   a  
                                                     l

*Primeiro Psicólogo:* Estão acontecendo coisas curiosas com os nossos bolsistas. Algumas até preocupantes.

*Primeiro Sociólogo:* A nós consta que se adaptaram bem. Ao curso, ao país. Alguns já fazem até política universitária. Veja o Marcos, o Daniel, a Ingrid.

*Primeiro Psicólogo:* Estamos nos referindo às questões internas aqui da Labattut.

*Segundo Sociólogo:* Ao relacionamento entre moças e rapazes? Mas isso é natural, ora, estamos no século vinte. E isto sempre ocorreu. Depois, são todos maiores e temos as cartas, assinadas pelos pais...

*Segundo Psicólogo:* Não é isto, exatamente. Reparamos alguns casos de desvio de comportamento.

*Segundo Sociólogo:* Homossexualismo. É isto?

*Diretor:* Os casos já foram encaminhados ao setor de Psicanálise.

*Representante dos Professores:* Sinto muito que o Daniel tenha nos deixado. Era o aluno mais brilhante. Agora, a Vera está dando sinais de desequilíbrio.

*Primeiro Psicólogo:* De nossas fichas nada consta.

*Representante dos Alunos:* O problema se revela nos estudos. Está estudando demais. Está obcecada, desnorteada. Precisaria de uma interrupção, de um intervalo.

*Diretor:* Ela está sob minha orientação. Não há nada de errado com ela. Está apenas preocupada com a coincidência entre a prática e a teoria. É um espírito especulativo. Deixem-na terminar seu curso. Nas férias poderá voltar e descansar.

*Primeiro Psicólogo:* Os pais se separaram. No ano que vem ela se forma. Seria interessante que ela, como Matilde e Clarice, resolvesse ficar, trabalhar aqui mesmo.

# TELEFONEMA

Matilde, você é testemunha.
Eu nada de especial tinha por ele. Achava até que seus olhos não eram muito expressivos — com aquelas pálpebras inchadas. Mas foi ele, que começou tudo.
Estava diante da igreja, atravessando a rua.
Não vou dizer que ele me cantou — assim — como se costuma dizer.
Convidou-me para almoçar no Bruni.
Sorrindo, com muito interesse. Pois estou te dizendo. Nem parecia professor.
Encantador, jovem ao extremo.
Matilde, o almoço mais emocionante — como não? — um entusiasmo, uma curiosidade...
Sei, claro. Aventuras. Mas, aconteceu para mim, você entende? Só penso nele. Os outros parecem sombras. Será este o momento tão esperado? Assim começa? Tantas dúvidas, infinita esperança.

# NOITE

Eu? Eu mesma?
Por que eu? Pergunto à mesa, pergunto ao lustre que suspenso me olha azulado.
Eu e o Dr. Rivère?
Um ser tão excelso e eu, quem sou?
Ter-me-á achado bonita? Mas tem outras tão mais espertas que eu, tão mais seguras de si. Será curiosidade de sua parte? Não entendo. Já me conhece há um ano... e agora, só porque nos encontramos em frente à igreja. O que posso dar-lhe que ele já não tenha?
Ou será que o destino quer dar a mim o que não deu a todas as minhas precursoras?
É a lei de Vico? Mas era ultrapassada...
Não quero mais pensar. Aceito tudo.
Tudo, com ansiedade. Pois que nada pedi.

11/12/63

Jantar

Meu avô sempre foi comunista. Puseram-lhe a gravata vermelha, quando morreu.
Uma de minhas tias é louca. A outra pintora.
Meu pai é general.
Oui — je suis neé en Suisse.
— Mas isso é muito requintado
— Mais tu as une race
— Moi, je mange comme un porc
— Mais oui, je suis évanoui, comme tu peux parler si bien le français
— Tu aschangé, tu es devenue une autre personne
— Tu lui as dit ça. Mais moi je suis jaleux
— Luiz Felipe, o homem que nunca traiu Dona Amanda, mais elle...
— Il-y-avait deux génerals dans un film
— L'année passée nous étions amis, cette année-ci, il est triste
— Moi, j'aime les heureux
— Alors, c'est peut-être que tu m'aimes un peu... beaucoup
Oui... un peu
Quand as tu appris cette mensonge?
Oui, je sais, tu ne veux pas être affectée
tu es formidable, tu sais, tu enthousiasmes les gens
Comme mon fils: ferme la porte.
Bien. On doit détester ses parents.

Je ne sais pas encore.
Ça va. Ça ira.
Je ne joue pas ouvert.
On verra.
Moi, je suis prête.

13/12/63

Nem à aula fui hoje, de tão compenetrada. A felicidade tão pesada e eu não estou acostumada a carregá-la. Sorrio às vitrines, choro aos cantos. Olho e não vejo. Ela é muda também. Aprendi isso. À noite fomos jantar no alemão. Cuidado, disse Mati. Homem assim já é escolado pela vida, não releva as coisas. Vai se meter num caso que vai marcá-la. Ora, Matilde, a vida, finalmente. Olho seu rosto claro, a testa quase calva e daria tudo para saber o que fazer. Estudo, falo, invento. Exibo a gama inteira, as penas de pavão. De repente, acho-me tão bonita, tão culta, tão viajada. Falta-me apenas status, capital. Sou muito jovem para ter herança. Será que ele não entende? Por que aquela pergunta? Trabalho, respondi. Recebo meu salário. Sou livre. Tenho dois diplomas. Posso ir a qualquer parte do mundo. Não me dou com meus pais. Eles nunca se deram entre si. Vim para cá num convênio de intercâmbio, mas acabei ficando. (Ora, por que pergunta? ele não sabe disso?) Que estranha sensação. Como se estivesse representando. Não parece juntar coisa com coisa, passado com presente. Serão os caminhos tortuosos do pensar os responsáveis por esta falta de rumo? No fundo, porém, estou tranqüila. Foi ele quem me procurou, alguma coisa o atrai. Espero que não seja porque ando a cavalo (uma vez encontramo-nos) ou porque faço política universitária (é tudo tão confuso). Penso bem. Meu amor por ele é todo um sistema de projeções, de mundos possíveis, o que será que ele projeta em mim? Difícil saber. Os franceses estão cheios de ilusões rocambolescas.

15/12/63

Caro Fernando,
             ao chegar da Faculdade ontem encontrei seu telegrama. Não devia ter-se incomodado tanto. Esperar é bom, quando se tem certeza, você mesmo o diz. Estou com os dias tão repletos que só posso roubar as horas à noite, para lhe escrever. (Dormir não conseguiria mesmo.) Recapitulemos. Na última carta que lhe escrevi contava-lhe o fim do meu caso com Marcos e meu deslumbramento frente a uma nova história, tão inesperada quanto apaixonante, e que, se as circunstâncias nos tivessem aproximado, nos teríamos encontrado possivelmente de volta das respectivas bolsas de estudo. Com o tempo e a distância meu sentimento por você depurou-se. Não é mais aquela impaciência com a qual minhas cartas precedentes deviam estar impregnadas. É certeza e confiança numa amizade que é rara. Quanto ao amor, querido, vejo como ainda estou imatura e quanto ainda preciso aprender. Não consigo acreditar que você tenha aprendido a amar, apesar de tudo e do próprio objeto de amor. Se é assim, chego a ter inveja de sua solidão. O fato é, Fernando, que atualmente estou sofrendo amargamente. Depois daquela jogada que lhe descrevi na última carta (a velha Ania bem que me alertou "não sabia que você também era coquete — vai sofrer com isso") duas semanas se passaram antes que me procurasse novamente. O fez, por fim, e me convidou para jantar na casa dele. Fui lá uma sexta à noite. Conheci o filho dele de vinte anos que mora com ele. Jantamos, conversamos, rimos, tudo perfeito. Depois de jantar acompanhou-me de carro ao pensionato onde estou morando agora. No caminho falou-me de sua ex-mulher, de seus casos, de sua vida particular.
Outra vez deu-me a impressão de ser o homem ideal, a síntese de de meu passado e de meu futuro, uma vez que ele possui aquele fundo de origem que é a única coisa que me separa de você. Ao deixar-me, deu-me um beijo e me disse que nessas férias (ele vai à Europa) pensasse na possibilidade futura de nossa relação. Não entendi bem ao que se referia. Deixei-lhe meu endereço. Ficou de me escrever. Ao chegar em casa pensei em você, nele, em mim.
Nada concluí até hoje.
Estou tentando conseguir uma bolsa para quando terminar a Faculdade. Os encargos acadêmicos me submergem. Vou ser provavelmente indicada como candidata à presidência do centro.
Estou me afogando entre coisas para ler, estudar, escrever. Ainda bem, com isso me distraio deste incrível tormento que é o amor.

Fernando, não sofra por mim. Quero que me diga de novo que se encontrar a felicidade não a deixará escapar. O que eu daria por não me envolver dessa maneira, para poder descansar um pouco. Sofro, querido. Desculpe-me, se puder. E se puder, esqueça-me.

JANEIRO, 1964

Um mês.

Querido,
se realmente tiver alguma coisa a mais
se realmente puder ligar a minha vida à tua nem que seja
por quanto for (o tempo não existe para quem é feliz), se
realmente a vida quiser me dar agora aquilo que aos doze
anos me arrancou, eu aceito de todo coração. Encontro
sentido no sofrimento que eu tive. Foi uma preparação.
Não gostas de mulher que fica em casa. Não faz mal. Apesar de no fundo eu gostar, não ficarei em casa. O mínimo,
apenas, necessário. Para cozinhar, lulas com papoulas. Serei
magra, fina e altamente politizada. Terei uma piteira preta,
longa e olharei de viés. Falarei francês, inglês, russo, alemão.
Teremos recursos infindáveis de conversação e... ligações
perigosas. Que mais posso lhe oferecer?
Enquanto você estiver deitado passarei minha mão de moça de família, levemente, nas tuas costas brancas. Sem
esquecer o anel e o lenço. Contarei a história do paço azul
e do saltamarti. Jogarei tênis de manhã e cavalgarei na
hípica paulista. À tardinha leremos juntos Tackeray e pensaremos nas ideologias.
Você escreverá bastante e eu prepararei seu chá na chaleira
de prata. Haverá chaminé e promessas de futuras viagens.
À noite, se você quiser, o levarei para meu reino encantado.
Conhecerá o vermelho hemerocallis e a tília siciliana, a
serpente do lago e o casco da Aspásia, encalhado na duna
branca. Ouvirá o canto das cigarras no verão e saberá de
todos meus segredos. Farei brincos pendentes de agulha de
pinheiro e sentirá o aroma denso da resina e verá no negro
da pupila, a voragem intensa do desejo. A vida será sonho
e eu velarei, zelosa, para que você não desperte. Apenas,
escreva-me uma linha, se puder. Três meses são longos e
eu... escreva-me uma linha.

## FEVEREIRO, 1964

Dois meses.

Querido,

            estou tão triste, sem você. Dizem que a distância para o amor é como o vento para o fogo. De fato, não poderia estar mais atiçada. Entretanto, lúcida e gelada. Pressinto coisas terríveis neste teu silêncio. Cinzas no coração. Gosta de mim, eu sei, mas quanto? E quando? Não quer ou não pode receber o todo que tenho para dar-lhe? Não poderei insistir e, principalmente, não saberei esperar. Minha idade me impele ao tudo ou nada. Sinto-o como uma sina. O desejo excessivo de viver queima as flores da sombra. Gostaria de ser paciente, remissiva, diplomata, não estar envolvida, não sofrer tanto. Talvez aprenda, se apenas você deixasse...
O prenúncio é fatal. Não ouço resposta nos ecos do universo. As flores murcham, quando as planto. Os perfumes me abandonam. O canto é lamento e desafino. Por quê? O que fiz? O que terei que fazer?
Algo me retém. Gostaria que fosse apenas o orgulho ferido de ser eu, novamente, a escrever. Na verdade sinto um receio muito grande como quem se intromete na hora errada. Se ao menos de sua amizade tivesse certeza... é tudo tão ambíguo, tão cruel. Sonhado, eu tenho. Um lindo sonho, sozinha. Como poderei despertar? Que imensa frustração. Não deixa de ser uma obra-prima, não errei tanto assim. Houve mistura, também. Conheci em sonho todo seu inconsciente e houve um embate violento, só que eu perdi. Não agüento seu tempo. A descontinuidade me enrijece. Seca-me o fluido. Desmonta-me, aos pedaços, como um mosaico de Ravena. No fundo, tudo não passa de ficção. Queimo no altar da arte esta pena que fica. Seria tão maravilhoso se você soubesse amar. Será que você não percebe? Vana verba, falar do que não pode ser...
Dias piores virão.

MARÇO, 1964

Três meses

Nenhuma carta. E eu que tinha tanta coisa para lhe contar. Preparei aquele seminário todo sobre Nietzsche e Marx, fui à Bahia, compus a chapa com o João. Até lhe perdoei as cantadas que passou na Diana.
Como porém perdoar o silêncio? Definho dia a dia. Não mais me conheço. O pior é que sentindo os germes da destruição dentro de mim, sei que não poderei parar. Onde é que isso tudo vai me levar?
Falo com todos, ininterruptamente. Eu, que era tão reservada. Fumo desesperadamente. Por que não me escreve logo que não volta, ou que encontrou outra, ou qualquer coisa que mesmo me matando não me deixe nessa incerteza? Por que os homens são assim? Por que este sofrimento inútil? O que mais se quer que eu aprenda? Para quê?

27/3/64

Pretensão talvez de julgar que já sofremos o bastante?
Engano, apenas.
Transborda-se.
Dilaceramentos internos transversais, frontais, externos, esgar rasgado, desnaturado.
Não se preocupe. Conhecerá o Abival.
Você o conhece?
Sinto que dentro de um ano estarei casado. Com uma das três moças das quais já conheço a infra-estrutura.
Se fosse um ser normal, talvez sim. Deveria me tratar num analista para poder servir.
Você é muito linda, formosa mesmo, mas sua espontaneidade é limitada.
Parece que você não correspondeu.
Desculpe, sou um elefante, como o Gian. Não queria te inibir.
Terá que esperar muitos meses, até eu ir à França.
Cinco anos? Até um, se eu fosse uma pessoa normal.
Não penso mais em radicar-me aqui. Em dez meses, agosto do ano que vem, irei embora.
Você ouviu falar da Ada? Ela andou louca atrás de mim. O quarto todo invadido pelos ternos. Nem todo comunista é pederasta. Ah, mas é tão gostoso ler aquilo!
A iugoslava? Era bonita aquela. Mas ele lhe fez quatro filhos em três anos.
Estava furiosa. Até que Maurier lhe explicou que isso se devia a uma alteração do ciclo menstrual.
E eu que o queria para sempre. Eu com toda esta dignidade, linda, formosa mesmo de infra-estrutura limitada. De ideologia, mais do que prática. E a primeira experiência é a mais profunda.
Então quer dizer que terei um amante qualquer.
Você vai conhecer o Abival.
Você conhece?
Ele está te judiando?
Ninguém quer assim.
Querem já ...
Não fui porque não gostava dele
ou porque ele não soube. Era tão bobo
23 anos, isso é ridículo.
Mas eu vou resolver este problema.
Mas será este o problema?

Eu mesma vou num psicanalista. Por ele.
Por isso, hoje de manhã lhe escrevi aquela cartinha de escola primária.
Você viveu muito tempo sozinho.
Pensou demais. Falou demais. Foi viciado pelas mulheres.
Eu não costumo procurar.
"Sinto que até o fim do ano estarei casado". Não, não é possível não me odiar, como a Eliana. Isso para mim já é hediondo. Não vai querer ser minha amiga? Nem vai me cumprimentar? Então, já que é assim, paciência. Por isso esperei tanto tempo para me definir. Porque é impossível. Seria maravilhoso ir ao cinema com você
      ir ao teatro com você
      ir ao concerto com você
Mas eu deveria fazer um tratamento.
O problema da reciprocidade. Não sei amar ninguém.
Eu me canso dos outros e os canso.
Quando falo, me agito, dou impressão de ter uma certa vibração interna, mas na realidade não tenho esta intensidade.
Loucura, loucura.
Por que serei eu uma pessoa normal?
É tão fácil ser louco.
Só subir de mais um estágio a esfera do pensamento, chegar até à roda quente de Dante. Tão arrebatador ser louco.
Agora
Por que você fica assim?
Não fique.
Agora estou tomando café com os alunos. Gosto deles humanamente.
Por que isso?
Porque você ama.
O Rubens me disse e eu respondi acho que amo.
Sinto-me escorrendo na torrente de teu olhar.
Sinto que até o fim do ano estarei casado com uma das três moças.
Sinto-me como a doce Ofélia. Todo meu drama, em todo este momento.
Go to, I'll no more on't. It hath made me mad. I say, we will have no more marriages: thouse that are married already, all but one, shall live, the rest, shall keep as they are. Go.
Aceito seu oferecimento de amizade na mais ampla das dimensões.
Isso é de enlouquecer qualquer um.
Que pena que já esteja louco.
Tengo tres corazones en el pecho
Que cambian de lugar.

Ele pousava o braço sobre meu seio enquanto lhe acariciava os cabelos.
É a última vez que saio com você
Você verá
Vai conhecer o Abival
Um misto de Dom Quixote e de Cristo.
Ainda não é toda a dor humana.
Ainda se podem criar lembranças loucas, desvairadas, mesmo.
É improcurável
minha própria definição
em obter algo que pela
obcecada como estava
valermos mutuamente
única possibilidade de nós
que quase perdi e lhe fiz perder a
Quero com isso dizer que aceito seu oferecimento de amizade. Se ainda é tempo, em sua dimensão mais ampla. Estarei com as outras para irmos onde você quiser, mesmo à praia.
Destruíste a forma.
Quero me rever lá, marron e preta, greta garbo na belle-époque.
Aquele até logo e algo mais foi a coisa mais cruel que podia ter-me dito.
Deixou-me a pensar, durante o congresso inteiro, no que, se a condição que eu mesma te coloquei era clara e circunscrita?
Sentiste talvez um resquício de humanidade em seu egocêntrico supramentado e viste quão sedento e rico de generosidade era o que te oferecia
ecos suscitados em teu íntimo: daí o dilema
Você, você disposto, imagine só a dar aquela coisa
'que toda moça quer'
afinal
o grande
empolgante
valiosíssimo
precioso
CASAMENTO
que afinal para você
não seria mais do que
ir ao cinema com você
ir ao teatro com você
ir ao concerto com você
ir ao inferno com você

você se apaixonou por este pensamento
como eu me apaixonei
você pagou o café a todos os alunos
eu beijei a todas as colegas
e assim foi
trêmula comovida e besta
dignificando-se com seu imenso sacrifício
pensando em como viver não casados no casamento
distribuindo apostas convites lenços de cabeça
numa sarabanda alucinada de quem se dobra a fazer
afinal 'o que toda moça faz'
de quem procura desejar o que toda mulher deseja.
Eu que tinha uma dimensão mais ampla dentro de mim
me redimensionei
e sôfrega tímida e feliz fechei-me na esperança retrógrada mesquinha
e feminina de quem espera 'o grande pedido' the thing, the resolution,
visto que só através disso (do pedido, querido, e não do fato) você
pensava que também poderia se redimensionar.
Mas a precipitação não te deixou jogar com mais sutileza.
Os dez anos de fuga secaram a fonte de tua generosidade.
Você assustou-se.
Cuidado, isso é mau. É fatal não confiar na vida.
De qualquer forma ainda a vida encarregou-se por mim.
Eu, teria recolhido teu pedido.
Disso o misunderstanding teria sido irremediável.
Permitiu portanto a exposição aberta de teus temores, cortou a jogada
mais sutil da protelação
e salvou-me, espero, deste passo por um bocado.
Por isso te perdôo.
Mas tu, querido, cândido mortal, misturaste tudo: mélange complet.
Físico infra-estrutura limite cálculo espontaneidade Diana Regina sobrenomes e sobre eles pairando gostoso gostosíssimo o Casamento
coitado, sentindo-se estar casando, até o fim do ano, com uma das
três infra-estruturas que aliás, já se deram a conhecer.
Querido, apenas neste momento compreendi seu receio.
todas as línguas
a raça
as pernas
os olhos
a política
os beijos aos quais dou menos valor que ao ato em si

e tudo o mais
não bastaram para te convencer
você, o inconquistável
por quem a dona da mina andou louca atrás
eu, afinal,
apesar de todos os encantos, mereço mais, não chega.
Desculpe.
No fundo, foi nobremente você mesmo.
Eu estava mesmo tentando te agarrar.
Você também me salvou, tal como eu te libertei.
Agora voltei a ser o que era.
Até logo, querido, mas que algo mais me resta?

## DUAS HORAS MAIS TARDE

Sucumbi à tristeza.
Uma pena de mim mesma, um verme me roendo. Lembro-me de Hiroxima.
O mesmo soluço arrasador. Por que, por que morrer? Por que não pode ser?
Choro como Marcos, a me perder.
Mas para mim, onde estará o consolo? Será apenas a dimensão que se prospecta miragem suficiente?
Uma coisa é certa: meu amor próprio foi abalado.
Nem presente, nem esperança futura.
Tabula rasa.
Apenas o caos silencioso dos dias que virão.
Isso não é crueldade. É loucura.
Quero também ir à praia.
Me afogar.
Resta a ironia.
Cortemos como Strindberg as asas do coração.
Uma vez mutilado, não poderá mais voar
até que a morte chegue.
até lá, continuar falando.
falando, falando
recrudescendo este amor, a coisa mais doce e mais amarga.
Mais do que um parto, é um estupro.
Sofrer intensamente. Que crime este, inútil.
Agüentar firme.
Como suportei até agora, os pecados dos meus antepassados.
Para que isso tudo, se o único vislumbre no qual acreditava desfez-se?
Assim, por não existir, como deus, que agora se vinga sobre mim.
Sonhar que morri, como sonhei viver.
Impiedade total.
Que me interessa o Abival, se a forma foi escalpelada como a cabeça dos índios? Trituração cósmica, como o Impressionismo.

I – REINCIDÊNCIAS

Seja sincero
Diga que não lhe custou muito terminar
Diga
Só posso conceber se significar uma falta de alguma coisa de sua parte
não, não, me custou estes quatro dias que estive a pensar como encontrar o equilíbrio dentro do desequilíbrio
(mas, e a moça, cristo, e a moça?)
não encontraste o empolgamento que te deu tua mulher
mas porque esta precipitação fruto de uma única variável
mas sim, você vai ver, vai gostar da amizade
encontrará outro, não propriamente o Abival
não agora talvez
É uma atitude ou uma coisa que acontece
É uma fatalidade.

## II — REINCIDÊNCIAS

Unha do pé
lábio tão mole
Perna cruzada
Vontade de fumar longas baforadas
mas de renunciar nunca.
Não gosto do lugar onde mora
tem muito sol e chego de cabeça quente.
As unhas de seus dedos saíam do dedo como as do Tomás.
Tirez cette culotte, tirez cette culotte.
Patético, ao extremo.
Homens haverá eu sei
menos loiros, graúdos, à vontade.
Este era cândido e louco como ele só.
Prateado, indefeso, o abismo.
A amizade também é boa, você vai gostar.
Não vai faltar muito, a semana que vem.
Amizade mais moral, a prazo fixo.
E não toque no Daniel
Ele é meu americano.
Não é que isso tenha influído, mas ele está zangadíssimo com você.
Decantação ou decantamento?
It's the only sound in Portuguese with double *r* to have a different
sound from the single letter.
Lembro-me quando ia colher chicórea, Ugo Betti.
Ao cair da tarde naquela lama preta, úmida, cheirosa
almeirão gordo, preto, verde, roxo
É tão gostoso colhê-lo, mas ao mesmo tempo algo purgatorial.
De bem para pior para depois, ainda uma vez, voltar.
Círculo oco, inútil
vínculos viscosos, escorregadios lesmais
Este meio-tempo, eu o detesto.
Quero flor de gerânio vermelho e janela verde.

# CONFIDÊNCIAS

Mati, eu sei. Certas coisas não se contam a ninguém. Mas para você, eu conto.
Eu preciso, preciso, senão enlouqueço.
Ontem de tarde fui à casa dele. Não me olhe assim. Eu sei que normalmente não teria ido. Estou num processo, agora, numa roda viva. Não posso parar. Tenho que chegar até o fim, até o fundo. Quando ele chegou, sorriu-me sobranceiro, como se já estivesse esperando tudo que iria acontecer.
Contraí-me, no íntimo, como uma aranha. Meu pobre orgulho do qual sempre fiz tanto alarde, toda minha dignidade, paralisada, crucificada, aí, na poltrona amarela.
Ele sorriu e eu me senti morrer.
Você veio — disse —, vamos jantar fora, a empregada tem que sair.
Vestiu aquele sobretudo claro que lhe fica tão bem e saímos, em silêncio. Chuviscava, mas eu sentia um calor imenso.
Andamos um tempão, naquele carro fofo que isola todos os ruídos. De vez em quando ele olhava para mim — eu sorria — e me beijava na face. Não sabia o que dizer. A febre sufocava-me. Quando chegamos ao motel, chovia mais forte. O porteiro olhou-nos cúmplice, se regozijando no íntimo pela nova aventura.
Não nego que formávamos um belo par. Ele, alto, aloirado, estrangeiro. Eu, toda embrulhada numa manta de seda marrom com aquele lenço de touros vermelhos num fundo azul. Não trocamos mais nem uma palavra. A porta fechou-se rapidamente e rapidamente ele se despiu.
Fiquei sem saber o que fazer.
Não me lembro como cheguei à cama. Soltei os cabelos e fechei os olhos.
Senti o contato dos corpos como uma antiga carícia, um mar que te envolve, que te traga. Adormecemos os dois.
No sonho, ele me envolvia em seus braços, os olhos ardentes nos quais brilhava a luz forte do desejo. Eu morria e renascia a cada nova penetração. Não sentia vergonha nem profanação. Apenas uma curiosidade muito lúcida e um prazer intenso por ele me ter, me ver, me conhecer em todas as dobras, em todos os recantos. Ofertava-lhe minha dor, se dor havia, meu sangue, minha seiva, todos os anseios de minha juventude. Acordei muito cansada, mas estranhamente calma.
      Ele dormia, ainda. Durante muito tempo fiquei parada, sem mover-me, com receio de acordá-lo. Parecia tão jovem, assim deitado,

tão desprotegido. Ressoava forte, quase um ronco. Por fim aproximei meus lábios dos dele e ele acordou. Passei a mão na sua testa, com delicadeza extrema. Minha mão é tão leve, seu beijo é tão doce. Querido, sinta agora (falavam meus olhos) tudo aquilo que até agora não soube dizer. Sei que você é frágil, retalhado, mas acredite em mim. Ah, esta sua trágica vaidade! Não conseguir enxergar além de si. Sempre querendo ver a si próprio, de relance, em qualquer circunstância. Veja o mar de meus olhos. Peça e tudo será seu. Quer que eu seja sábia, lúcida, travessa? Quer que eu conheça de cor o ser e o nada? Quer que eu seja engajada, revolucionária, devassa, apaixonada? Saiba pegar, o que quiser. Seus olhos fogem... não agüentam... não sabem querer.
Veja meu corpo, branco, jovem, tenro, virgem. É todo seu. Saberá acompanhá-lo em todas as vicissitudes. É forte, inquebrantável. As mulheres sabem sofrer com fortaleza. Saberá servi-lo no Japão numa ilha deserta em que queira ficar. Ou saberá seduzi-lo como gueixa, hetaira, cortesã, conspiradora. Ou mesmo saberá ampará-lo neste mundo de agora; com seus amigos invejosos, seus alunos maçantes, seu contrato ameaçado, seu livro não escrito. Apenas, acredite, saia de si, dê-me uma chance. Um ano, não peço mais. Arranque a máscara desta contenção fictícia − já estou marcada, não percebe? Afaste de mim o espectro desta derrota sem batalha, de feridas internas, que nem podem sangrar... Peço-lhe pela vida... pela morte.
− Obrigado, ele me disse. Você me libertou. Vestimo-nos às pressas. No carro segurava minha mão com ternura e me pareceu, com certa preocupação. Deixou-me na esquina de casa, como se deixa um objeto frágil, mas alheio. Não sei te dizer porque, mas assim me pareceu.

# 30 DE ABRIL DE 64

Mati, ele desceu a escada assim, correndo, como se nada tivesse acontecido... como pode? Como pode, Mati, como pode?
Eu, ele, ele que era tudo, tudo o que sempre, o que tinha, o que só podia ter.
Por que Mati, por que essa traição da vida, por que a vida me trai antes mesmo de começar?
Mati, meus olhos são negros, fundos, pesados. Estão mortos. E eu que pensava... todos estes anos de sofrimento, toda esta adolescência massacrada, tanto estudo, tanta coragem, tanta vontade de viver para alguém, para alguma coisa.
O que me resta, Mati? Por que os homens são assim? Por que o mundo é assim? Todos tão necessitados e tudo tudo perdido. Se ao menos eu pudesse agir, se ao menos pudesse servir. Ir para o norte, alfabetizar, ensinar, ser útil de verdade a essa gente toda tão infeliz, como eu. Mas agora... À noite acordo com as sirenes da polícia. O que procuram tanto? Se ao menos procurassem a mim, se ao menos me prendessem, se ao menos morresse por alguma coisa, mas nada vale nada. É a grande realidade vazia, é a grande verdade inútil à qual inutilmente se chega. Os dias haverão de se arrastar, um atrás do outro, para que? Nem lecionar não tem mais sentido. O que vou ensinar aos alunos? O que vou dizer a eles, em nome de que vou justificar... O quê? Escolher uma língua, a mais útil, a mais procurada, e ficar dando aula num colégio de ricos, que pague minha sobrevivência. Carreira? Com quem estudar? Como ter forças, tempo e principalmente motivo para tanto? Sinto que vou me apagar. Ouço tiros. A caça começou. Amanhã os jornais vão dizer o nome. Nome, nomes. Já é tarde. Vou apagar a luz. Chorar um pouco. Muito, pela última vez. Adeus juventude, adeus sonhos, adeus Brasil. Volto para onde eu vim. Amanhã eu escrevo aos meus. Quem sabe na ilha perdida da infância encontre forças para recomeçar. Ou ao menos, para esquecer. Retiro-me. Perdi.

## FESTA DE FIM DE CURSO

Desconhecida porém simpática esposa patrícia de um amigo do Dr. Rivère (que não compareceu):
Ah, então é você. Bem que nos dizíamos. O Rivère deve estar apaixonado. Ele falava coisas: seria bom porém deixar uma moça como aquela fruir de uma viagem como esta...
— Sim, claro, uma aventurazinha. — Nada de sério. Não dá com o Rivère. Se fosse um flirt, sem responsabilidade, ele toparia claro. Mas uma moça assim, não...
Se você fosse rica, independente, navegada, nada de comprometedor. Ah, sim. As francesas são muito mais livres do que nós.
Muito à frente. Elas conhecem o jeito. Nós levamos as coisas muito a sério. Acredite. É melhor assim.

Minha colega Alaíde: vem cá, minha filha. Escuta aqui. Não te contei antes prá não te magoar e só não aceitei porque ainda gosto do Gian, apesar de tudo. O Rivère tem dado em cima de mim todo este tempo. E você tem que ver que conversa. Desde quando? Ora, não se iluda, desde que começamos o curso. Ele faz assim com todas. Pergunte para Diana, Ana, Paula, Nora. É um velho meio-brocha, um puto como muitos, não merece este teu desespero.
A consciência moral? Enfia isto no rabo, minha nega. Quem mais fala menos tem. E depois o que pensa que é trepar? Todos trepam, mas poucos sabem amar. Eu? você, se não fosse tão jovem? Ainda tem muito que aprender, as coisas não se fazem assim a ferro e fogo. E precisa ter sorte também, encontrar uma pessoa que seja aquela mesmo. A maioria tem medo de se envolver, de se assumir no outro, sei lá. De ser traído, também.
Por isso já trai logo de cara. Procure um cara do teu tamanho, um cara que tenha a vida pela frente. Isso, sentimentos. Seu olho está borrado, tome o espelho

Quero mar de recifes e a noite negra. Areia, muita areia para enterrar o rabo de minha dignidade.
É preciso cuidado porém, quando se sacrificam princípios. O sangue precisa estancar antes que seja dado o corte final.
Valores não se resguardam, mas não interessa agora o estudo patológico das diferenciações.
Melhor deixá-las de lado, amontoadas, para que se decomponham num substrato de influência inconsciente. Melhor não confundir demais.
Distorção? apenas um exercício de virtù, como se toca Chopin ou a lê Strindberg ou se contempla El Greco.
Tochas imprevistas, mas não inesperadas, dos seres híbridos, cujo ciclo é uma superação do normal.
Destruir, cauterizar, escrever.
O que é a dignidade senão o medo de sofrer mais ainda?
Cômodo preconceito, ausência, e apenas, consciência de uma inexorável dispersão.
C'est fini, alors.
E agora: a pornografia da vida.
Tomo-a emprestada. Sucumbirei certamente, mas não tão já.
Antes quero estender o desafio ao que nem merece ser desafiado.
Pelo simples prazer de fazê-lo, de não negar-me o gesto.
Consciência em demasia nos acovarda.

# PARÊNTESE

Agora que a ferida já não sangra tanto (vou destilar a vingança a vida inteira) penso na expedição que meu insoferente genitor fez aos Estados Unidos. As velhinhas do clube já haviam me adotado e me acalentavam em seu seio: uma futura médica, decerto, uma ação promissora. Fui mais uma vez arrancada e despachada para o pólo oposto com a desculpa de sempre: it was not meant.

Revendo aquele sonho profético que tive, de nós dois, reconheço agora a verdade da expressão. Carrego um deus desfalecido em minhas entranhas, só que desta vez, eu sou a única culpada de sua morte. O desjeito de minha inútil juventude, sua inevitável precipitação. No jogo ilusório das espécies quis dar o derradeiro lance. Choro agora sua irreversibilidade. Chego a sonhar com a chegada de uma carta sua, nem que fosse apenas o sinal de seu perdão. Juro que a manteria fechada — penhor de continuidade nesta existência rarefeita. Sei que não chegará. Não é a generosidade seu traço distintivo. É a lei do mais forte, e eu, a mais fraca. O tempo novamente se encarrega de lavar os vestígios da esperança. Era tão bom viver na expectativa do possível, mesmo ilusório. Agora que a ilusão está morta, é tão duro sentir os dias e as noites que se arrastam sobre o tênue fio que nos ligava.

Resta a aranha realidade. Don't worry. Novas teias serão refeitas, sem muito entusiasmo (quem sabe) mas de uma coisa estou certa: hei de ser eu sempre a tecelã. Deixo a meu passado vulnerável morrer aos poucos com você. Era isso que você queria? Era minha pobre juventude. Uma coisa tão bonita como o brilho da pupila, o toque do coração. Era o adeus que lhe devia e que lhe entrego agora, mesmo que não o queira. Guarde-o para o dia em que forem me julgar.

# SONHO

Lembrara-se daquela passagem, assim, de repente. Estranho lhe parecia agora ter-se esquecido dela por tantos anos.
A visão da casa que muitas vezes lhe surgira, meio escondida por entre as folhas largas da videira, simplesmente não a incluíra. Agora não. Sua presença impunha-se pungente, quase a cobrar seu longo esquecimento. Tratava-se na verdade de um corredor estreito que unia, lateralmente, os dois extremos da casa. Lembrava-se vagamente dos objetos que o habitavam. Utensílios antigos, de uso desconhecido. Teria sido uma roca o que pendia das teias, lá do alto? Os pratos poeirentos de uma grande balança, o almivar de cozinhar leitão nos dias de festa. O velho tanque de cimento ao lado do qual ainda crescia a diffenbachia picta venenosa. Escadas, cordas, candeias. Uma torneira escondida condenada à sede perene.
Nunca seus cantos escuros haviam hospedado brinquedo de criança — pião, patinete, boneca de pano. Nem seu chão de lajota porosa, tão macio, os rabiscos da amarelinha. Era apenas um corredor — passagem.
Foi aí que o velho Paca se escondeu uma vez, após ter tomado veneno. Suas extremidades tremiam — soluços ocos sacudiam seu corpo cinza estriado, já máquina da morte. Os olhos arregalados, querendo ver o mistério, querendo gritar pela morte do companheiro. Não a haviam deixado ficar. Temia e evitava o corredor.
Era por aí que se arrastava o andar da velha Catarina, toda manhã, às quatro, na interminável busca da remissão dos pecados.
Depois que também o velho avô havia morrido, a casa fora alugada apressadamente, quase a querer apagar, na transação, os rastos de um passado obscuro.
Agora a casa estava à venda.
Antes que estranhos profanassem, com sua ausência, as memórias mágicas da infância, ela viera para exterminá-las. Como levar para outro continente os caixotes de folhas amarelas, velhos anseios de sombras já apagadas que um dia amaram, odiaram, ou quem sabe, apenas sonharam?

E a velha biblioteca no patamar da escada onde os títulos pretos da lombada a atraíam com seus nomes ilegíveis, e a flor de cactus que o inverno todo explodia em pétalas carnudas de um vermelho violento no vaso verde imóvel do corrimão da escada? O vasto porão, a fuligem do carvão de lenha, a planta centenária do abricô, o balanço, o barril, o galinheiro, o canteiro de urtigas, amigas velhas com as quais brincara de vida e de coragem... como acabar com tudo aquilo? Repassar com os olhos cada fresta, contar cada tijolo, levar consigo, para sempre a imensa tristeza de uma casa abandonada...

Velha casa, se pudesse levar-te, se pudesse esconder-te, se pudesse...

Melhor nem subir. Sair devagarinho pela passagem por onde tinha entrado. Não deixar ninguém ver, não se deixar afogar nas vagas da melancolia. O portão de madeira no outro extremo, este sim, era preciso fechá-lo. Meio caído, sempre aberto, para quê ele havia servido tanto tempo? Com a maior delicadeza, com desvelo, quase, desencostou as pedras que o mantinham de pé. Rangendo como coisa enferrujada, com certo esforço, as dobradiças cederam, e ele, finalmente, fechou-se. Poeira caindo de algo muito antigo: num cabide esquelético a camisa sem cor da velha Catarina. Rendas pendiam, rasgadas, gastas. Tocou de leve com o dedo, medo que se desfizessem como nuvem. A gola ondulou, e por baixo dela, presa por um alfinete enferrujado, a cabeça calva daquela marionete que tanto alvoroço criara em casa, quando descobriram que a havia roubado na quermesse. Coisa estranha, inquietante, afrontosa mesmo: seu esgar sinistro, bócio à parte, lembrava-lhe algo muito familiar. Não restava dúvida, era o sorriso enigmático do Dr. Rivère.

## CARTA DE CASA

Há algum tempo esperava sua carta. De fato, recebi-a ontem, aquela do dia 11 corrente. Sei da situação que se criou entre você e sua mãe porque ela me tem contado. Compreendo, pela sua carta, que você lamenta e dou fé que, ao menos aparentemente, foi sempre sincera na manifestação de suas idéias e de seus sentimentos. Quanto a suas buscas espirituais não duvido que lhe serão profícuas de grandes satisfações interiores e de maior força moral. Desejo-lhe de coração. As recordações nostálgicas de que me faz participar são comovedoras. Não duvide que eu também lembro daqueles tempos longínquos em que éramos todos diferentes: agora porém estamos mudados e vivemos em mundos afastados. Você me pergunta a um certo momento o que eu penso de você: nada de mal, apenas que você não é mais aquela que era antes e que desde então cresceu diferente de como havia feito crescer dentro de mim. É pirandeliano, mas é irremediável. Concluindo, eu posso até compreendê-la, como é agora, mas nada mais. E não posso ajudá-la em suas relações com sua mãe.
Obrigado pelas lembranças. Seu pai.

## ESBOÇO DE RESPOSTA (NÃO ENVIADA)

só posso deduzir que as recordações foram cada vez mais se apagando e os ressentimentos cada vez mais se agravando (Na verdade não saberia quais) não cabe a mim julgar esta vossa atitude. Só espero que a destruição de toda imagem a mim referente não vos deixe, com o passar do tempo, um vazio amargo, desumano e inútil.

## EMIGRANTE OU EMIGRADA?

Esta luz opaca
Que me embaça a vista
É bem o reflexo
Do desapontamento.
Estas nuvens cinza
Cheias de vento,
Escorraçadas num momento
Pelo confuso arbítrio do destino,
São bem o que eu sinto
Do desterro.
O resto, é
Absurdo arbusto
Beira-estrada
Arrancado a seu leito
Seco e roto
Sem folha ou broto:
Sem traços
Sem futuro.

Talvez o enterre o rastro
De um desbarrancamento.
Talvez o aplastre um trator alarga-pista,
Não sei.
Talvez fique assim,
Dependurado à encosta
Até o fim de seus dias.
Segurando fiapos parcos
De esperança, que
A lufada de vento
Sopra, à toa,
Ou iridando gotas de saudade
Que lhe emprestou a
Rápida garoa, alías,
Só por um instante.
O carro corre,
Já estou distante,
S. Paulo é grande
e...
O tempo, voa.

## CONFERÊNCIA

Eu e o Abival sentados, conversando de olhos baixos.
Sentia teu olhar pousar sobre mim, intermitente, mas não queria fitá-lo.
Ainda não havia chegado o momento.
Bororos, Nhambiquaras rolados na areia cinza, semente do homem sul-americano.
*"Los perfumes de los trópicos y la frescura de los seres son viciados por una fermentación de hedores sospechosos que mortifica nuestros deseos y hace que nos consagremos a recoger recuerdos semicorruptos, perfumes quemados".*
Desejos... queimados... o que mais poderia ter feito? Mais do que procurá-lo, oferecer-me. E ele não quis...

*"Pero, se trata en verdad de supersticiones? En tales predilecciones veo más bien la huella de una sabiduría que los pueblos salvajes han practicado espontáneamente y contra la cual la rebelión moderna es la verdadera insensata".*

Então é por isso que me persegue a imagem daquela taba onde, pressentindo tua vinda, tentava arranjar o cabelo de um espelho inexistente e me afundava no chão úmido de detritos, prognóstico de boa sorte...

*"Mas que un recorrer, la exploración es un escudriñar, una escena fugitiva, un rincón del paisaje, una reflexión cogida al vuelo, es lo único que permite comprender e interpolar horizontes que de outro modo serían estériles".*

Mas eu gostava de seus fragmentos, da idéia de poder reuni-los em volta de um eixo que só eu conhecesse. E ele não quis. Tentei todos os lances. Ele fugiu.

*"El conocimiento no se apoya sobre una renuncia o sobre un trueque sino que consiste en una selección de los aspectos verdaderos, es decir, los que coinciden con las propiedades de mi pensamiento".*

Instinto e pensamento. Eu sentia que não ia dar, mas eu queria assim mesmo. Deve haver uma maneira de enganar o destino. O que mais verdadeiro do que aquilo que quero?

*"En primer lugar, mas allá de lo racional existe una categoría más importante y más válida: la del significante, que es la forma de ser más alta de lo racional".*

Em silêncio fui à cozinha e preparei com minhas mãos o peixe boquejante.
Rodelas de sangue e prata, inhame, dendê e coco, cuspe e cabelo.
Com minhas mãos queimando segurei firme a panela de barro preto e quis que ele comesse tudo, tudo. Já que não ia levar-me era como, era como se comesse um pouco de mim mesma.

*"La filosofía no era ancilla scientiarum sino una especie de contemplación estética de la conciencia por si misma".*

Mais uma vez, foi a si próprio que ele mirou em minhas pupilas. De mim, pouco lhe importou. E eu quis ver forma e conteúdo, ser e parecer, duração e instante. E eu que...

*"Así, no tuvieron la oportunidad de resolver sus contradicciones, o, por lo menos, de disimularselas gracias a instituciones artificiosas. Pero de todas maneras no podrían ignorar completamente este remedio que les faltó en el plano social, o que se privaron de adoptar. Siguió perturbándolos de manera insidiosa. Y como no podrían tomar conciencia de él y vivirlo, se pusieron a soñarlo".*

Pois que seja. Já que não me resta alternativa, hei de sonhar então.
Sonhar, como nunca ninguém sonhou. E não será com ele mais, eu juro.
E outros sonharão comigo por sua causa.
Assim, finalmente, saí da taba, com um lenço preto trançado entre os cabelos longos.
Preto e ouro. Saí descalça sobre séculos de esperma.
Pisava tão devagar, pé ante pé, leve e segura. O olhar fixo como seta encontrou o teu finalmente, que vinha na minha direção. Vem, não tenhas medo. Não se foge ao destino.
Hei de cuidar de ti com carinho que se dá aos que se sabe, em breve, serão sacrificados.
Vem Abival, sorve desta taça. É mel e fel.
Sente o cheiro ocre do desejo, o perfume queimado do Brasil. Não

podes resistir. Minha carne é branca e é toda tua. Minha boca é vermelha, ávida de sangue. Vem Abival, perde-te em mim. Esquece aquilo de que vais te lembrar, hélas, a vida inteira.
És a primeira vítima desta vingança que eu não quis, deixaram-me de herança. Choras?
Eu também chorei. Para os homens, dizem, é mais fácil. Sente o amor como dói?
E o desespero de saber que não sou feita para ti?
E a distância que separa um intelecto assaz privilegiado de outro ingênuo, inculto, suburbano? Teu tremor não me comove. Nem teus beijos ardentes, teus olhos verde-mar.
Sou gelo e pedra, Abival, apesar do fogo das entranhas. Entre. Anoiteça.
E, amanhã, de nada te adiantará haver me possuído.

Lembrança pregnante, Hegel. O começo é um não ser que é ao mesmo tempo um ser, e um ser que é ao mesmo tempo um não ser.

E para aqueles que declaram que não se deve começar pelo começo, mas sim pela coisa, nós responderemos que a coisa não é outra coisa que este ser vazio; porque a coisa nós só a apreendemos no curso da ciência e não antes. E agora que apreendi a coisa e a tenho aqui comigo, mediada, cheia de fluxos, de fluidos, de vida verdadeira, sinto que ela vai ter que se esvair, se esvaziar de toda sua seiva quente, vai ter que se cristalizar, se transformar na membrana cada vez mais diáfana da memória, cada vez mais distante do mundo das sensações, cada vez mais próxima desta insaciável lei cósmica que lentamente nos destrói. Deixe-me ao menos contemplá-la por última vez. Acariciar seu pêlo áspero, sorver seu caldo quente e pegajoso de estrela do mar. Senti-la trepidar num último estertor de vida, já quase morta. Seu calor há de ficar por muitos anos na palma da minha mão. Adeus, minha coisa mais linda, vai-te, morituri te salutant.

Estou parada num ponto de ônibus. Estou com sapato baixo, meia de nylon, vestido justo bordô, cabelo preso. Dou mais a impressão de uma interiorana. Ainda levo revistas sob o braço. Não é possível, digo a mim mesma. Já é o terceiro carro que pára insistentemente. São três horas da tarde, pleno dia. Que disponibilidade a dos homens. Ou será o vazio? Começa a esboçar-se uma idéia. Seria uma experiência insólita. Arriscada, até.
Teria coragem de enfrentar um espécime nunca dantes visto exatamente como o fazem tantas, sem abrir a boca, sem dizer o que sou, sem assustá-lo com minha doutrinação? Quem sabe seria a cura, finalmente. Não é assim que fazem os homens? Não é assim que eles se iniciam na vida adulta, pondo de lado de uma vez por todas o romantismo piegas de uma paixão mal curtida?
Que seja, então. Há um oldsmobile parado lá na frente. O sujeito espera, de pescoço virado. Chego-me, escondendo o medo sob um sorriso torto. A senhorita vai pra onde? Aceita uma carona?
Sento-me ao lado. O carro anda. O pior é a falta de originalidade. Exatamente tudo o que previa. Que pernas queimadas! Toma sol? Onde posso levá-la? Enquanto isso vai ajeitando minha mão sobre seu membro agitado. O primeiro espasmo de prazer. O carro corre. Vamos dar uma volta.

Entramos num drive in. Quem será ele? O cabelo lustroso, o rosto branco, as mãos gordas peludas, um anel com rubi. Decerto um vendedor de peças de automóvel. Olhar mole, oriental. Já não tenho medo. É ódio o que sinto. Ódio fulminante. A besta humana.

Agora força-me a cabeça para baixo. Ah, o mito das prostitutas suecas, duras, frias, deitadas numa cama, mortificando com a vossa ausência a luxúria animal. Aqui, a coisa é diferente. Aqui, a fêmea tem que cooperar. Ser cúmplice, conivente nos atos mais inevitavelmente hediondos contra si própria e ainda sorrir: assim como a mãe que vê morrer o filho e diz envergonhada para os assassinos desculpem se eu pari, por acaso não é esta a nossa realidade?
Mas eu não sinto vergonha. Apenas um vômito eterno por esta sub-humanidade florescente que lota o trânsito de capital. Eh, São Paulo, deixo-te os teus anônimos campeões. Eu mesma terei que fazer a seleção. Haverá uma cura passiva para o nojo que sinto de viver? Pobre Kant... *et propter vitam vivendi perdere causas.*

Domingo. Bate o sol. Olho sofregamente para a calçada vazia, procurando uma mancha, uma fenda, uma grade, um algo que me seja apenas familiar. Nada. O caldo de feijão servido sobre o plástico oleado contrasta com o luxo de minha gola preta. Como devagar e como até o fim. Aos domingos não se janta. O que farei de tarde? Ir a casas de amigas? Hoje não dá pra disfarçar. Se ao menos houvesse mar nesta cidade ou um lugar onde pudesse andar, andar... Andar naturalmente sem reparar em nada. Sentir os músculos das pernas cada vez mais duros, os olhos perdidos no cinza que desenrola o fio de meu pisar. A onda da calçada vai e vem. Aqui no meio ela é reta, depois se encurva e volta.
Tento de novo. Que tontura me deu! Encosto-me na esquina. Custo a respirar. Puxa, que tontura. Será fraqueza? Já pensou, cair aqui, longe de todos... mas de quem estar perto? Meu deus... Atravesso a rua com medo, quase sem olhar dos lados, curva, sob o pesar da descoberta.
Jorge, Daniel, Clarice... já partiram.
Mati casou. Sua vida, agora, é o marido que ganha pouco, os filhos para quem costura as camisinhas. Um no berço, outro na barriga, crescendo. Não têm tempo para mim. E eu também, falar de quê?
As aulas, os colegas, os casos da pensão... os casos?
Sem perceber, chego à Praça da República.
Sento-me num banco verde. O amarelo da Caetano me fere um pouco a vista. Reparo pela primeira vez nos estuques esbranquiçados da fachada.
Um realejo toca. Alguns bêbados passam turvos sob o sol inclemente. Cidade dos trópicos...
Lembrarei como marco este momento, daqui a alguns anos? Ou não haverá mais banco, mais fachada, mais república...
Eu também, quem sabe, não serei mais eu. Como seria bom que meus olhos ao se abrirem encontrassem a aldeia onde nasci, ao pé do monte, sob a sombra das tílias, os seixos rolados do rio, os muros altos, o silêncio do eterno... Sim ou não? E se os muros forem baixos agora que cresci? e se as pedras não forem mais vermelhas e o rio tiver sido represado? Não. Melhor não. Viver de lembranças, enquanto se morre de ilusão.

Outono. Olho preto, olho marrom, olho de gato amarelo. Não me morde. Assim, eriça o pêlo. O dedo escorre pela sobrancelha espessa, pelo lábio partido, pelo nariz, pelo contorno da orelha. Não me morde, já disse. Agora encosta a boca. A língua, o dente, os músculos do braço, minha cintura fina. Se você soubesse ficar parado, concentrar-se, pensar um pouco no que eu procuro. Feche os olhos, não abra, não se agite tanto. Não adianta. Ação, ação, quanta energia desperdiçada. A busca imediata de sua satisfação. E agora que me teve, que gozou, por que este susto, este estertor suado, este desespero molhado, este frenesi imediato de encontro, perda e falha? Orgasmo, orgasmo... e o coração... e a mente? Pois é. Vejo sua calma depois, mortal, completa e sinto, sinto ... que o coração não mente. O sexo não cura nada, não adianta fingir. É uma arma cega que nem chega a ferir. Uma pena tão grande que não chego a disfarçar. Como os homens se contentam com aparências, com tudo tão epidérmico, superficial. Eh, você aí, que implora, resfolega e dorme, o que que você pensa? Que isto foi bom? Que isto significa alguma coisa? À noite, quando meu corpo tiver esquecido toda a mecânica do rito (e isto dura tão pouco) meu espírito estará de novo a vaguear, perdido. A paixão, o amor é coisa muito, muito diferente. Terei de esperar já não sei quanto. Até encontrar um ser orgulhoso e tão sofrido que tenha vontade de matar a si e a todos. Que me veja de relance e pare e se impressione por tanta incrível semelhança. Que hesite, negue, chore e sinta quando estiver sendo fulgurado pelo raio incerto da revelação: o inexorável achado de sua alma irmã.
Existe isso? Talvez. Por ora, chega de representação. Embora. Adeus. Vi o que não queria ver, mas já sabia.

10/12/64

Pulgas.
Vivo na sujeira.
Tenho até vergonha de mandar lavar.
Moral: muito barulho aqui.
Vida de pensão é inconciliável com o recolhimento.
Falta de dinheiro.
Uma malha cinza: a metade do ordenado.
Estar prontos para o pior. Evita a angústia cósmica.
Responsável pelo universo: como?
Shakespeare, Dante, e esta velha diabética andando passo a passo.
Será a renascença individualística?
Assim, terminei minha aprendizagem: on commence à vivre.
L'enfant conçu pendant le mariage a pour père le mari.

QUINTA, 26

Na sexta? Só se tiver novidades. Caso contrário, venha benzinho.
Natal, saciedade e imanência. Saí dessa.
Mais l'autre? Je lui ai donné la clé de mon géni et il l'a saisi, le drôle...
Oui, oui, mais à quoi se marier?
Et après tout ça oblige a la fidelité formale.
Seus beijos são amargos, mas vivos.
Acostumei-me. É dura a separação.
Inteligência móvel. Se não é você que tem este talento, quem o tem, então?
Relegou-me ao plano de lingüística, mas não faz mal. Nunca terei consciência das limitações.

26/1/65

Mox separabantur fatua cruraque
Impossível escrever assim.
Para escrever é preciso ser arrogante e corajoso
não incerto rastejante humilde pudibundo

29/1/65

j'ai déchargé l'affaire... il paiyait bien, mais faisait trop d'histoires il faut répondre
macumba
fuga após metralhadora
pela escada escondida de um edifício
para a liberdade certa.
Ausência de medo como que, preparada, algo ensaiado.
Recebia 135 contos pela política. Como?
Ligado ao Cervantes. E no bolso tinha outro cheque de 8.300. Tentativa deliberada?
Algo tentador.

Sonham-se coisas complexas, inteligentes coerentes. Falam-se línguas que de dia se desconhecem. Como acontecia ao Ivan Karamazov: "Calma lá! Isto não é meu! De onde o tiraste? Não sou tão lacaio! Não tenho alma de lacaio!" Un lacais. Os russos adoram esta palavra. Ah, os russos.

15/2/65

Erano nati per altri combattimenti e per altra gloria ma reagivano a quel modo, come meglio potevano, a un destino che non era il loro.
*L'indivia*. Ugo Betti

Elle s'etait couchée avec un homme incroyable. Une grande construction en boucle toute remplie de chaises
toute en bois
Il y avait un portrait et arrière cela une vermine épouvantable.
Elle se couche avec un homme tres maigre, vieux, hédoniste. Aprés, il parta.
Alors elle se leva et reva d'autres choses.
Le marché: tout sortait de ses sacs

Elle alla chercher sa jalousie mais elle aussi était partie.
L'ascenseur ne fonctionnait pas.

RIO, ANO 400.

"Agora já sou bem mais adulta, não fico mais com ciúme dos amigos dele"
Quando ele olha para os amigos dele dá-lhes toda a atenção. Fita-os nos olhos,
mirantes admirados.
Rio de Janeiro. É velho aquele minarete? O estuco branco entre as lajotas me deu impressão de coisa artificial.
Triste e frio.
Por que não acende o farol amarelo vermelho na escuridão?
Frio e sozinho.
A grande qualidade de acender nos outros sua autoconfiança.
Relógio de ouro relógio de ouro relógio de ouro.
"Pois é. Crisanta sempre foi muito agarrada a mim desde pequenina. Onde está a minha comadrinha? Desejo a todos os nossos amigos serem tão unidos como eu e o Branquinho". Amém.
Une ligne. "Souvenez vous, mademoiselle, ne laissez jamais qu'on vous tire de votre place." "Oui, madame, Je vous remercie toujours, toujours."
Mas então, o que estará pensando? que o amo menos por causa da gaffe dos Ingleses? é tão seguro de si, ce jeune homme. É tão encantador, mesmo quando não fala. E à noite, quando trovejava, me cobria, me abraçava.
Pois às vezes me parece que estamos adormecidos, nós dois. Uma ligação velha e dormida. Quando o coração bate esperando o mistério, por que esta rotina falsa? Eu a detesto, como o amor no escuro. O que será que eu espero?
Algo que brilha de um brilho também falso. Fruit d'une infance insouciante.
Não torturada, como a minha. Então, jamais poderei me ver livre.

Não. Nem no Rio nem na Bahia não me senti em casa. Gostei, me entristeci mas não chorei. Para chorar preciso do cheiro do cipreste, de corolas azuis e do gosto da framboesa. Que mais posso lhe dizer?
Gostei daquele seu aperto no braço. Mas, certos amigos, não poderei suportá-los.
Inautênticos, em sua autenticidade. Não posso mudar. De Catarina II a Lorenza de Medici. Dois nomes distantes. Um mais nobre, outro mais sensível. No fundo, eu sei, meu indiferente vale mais.
Indulgentia plenaria.

19/4/65

*L'univers filmique* – Anne Sourieux
Travelling: movimento da câmera.
Pastoni: inventor de Cabiria.
Décors de Cabiria: construído, arquitetônico. Idéia de profundidade.
Colunas verdadeiras e não pintadas.
Kiele: o teatro dá à personagem o direito de falar aos deuses. No cinema ela é um elemento.
O resto: a necessidade de não perder tempo.
Cinema: aflitiva tranqüilidade das coisas não há hierarquia de estados.
A transposição do teatro à tela é uma degradação, como a degradação da energia dos físicos.

10/5/65

Sartre: *Entre quatro paredes*
No Rio um passageiro toma um trem para fugir para o México. Visão européia do mundo latino-americano.
Luis Anjo Pinto.
Um padre na roça pegou uma pretinha que estava na procissão e comeu-a.
Aonde já se viu uma preta virgem? (USA).
*La P...*
A dilatação do espaço está ligada a outras dilatações. (Peça).
Segunda dilatação: tempo. Incorporação do passado ao presente.

7-7-65

La paresse c'est la Mère des vices
Eh bien, l'Art.
L'Ifigenie de Goethe
La nausée de Clarice Lispector
La jeunesse philosophique de Prague
Le bombardement d'Hanoi par les Americains.
Aspasia, la nouvelle Miss Univers
The girl from Ipanema goes walking
Moi, aujourd'hui je me suis levée remplie,
étouffée, inchoated, es-ce que je suis... quoi?
à la fin je ne suis qu'une timide
Animi, au contraire, elle est reservée
Elle sait bien ou se trouvent ses limites
et elle s'y tient très discrètement
À chacun son étoile
À moi, pas de grâce, au moins
le vice,
oui.
La paresse c'est le père des vices.

28/7/65

Noite vazia.
Filme vazio.
Berta, Berta, que fazes lá?
Saudade?
Oui, ça peut-être.
"La sale besogne".
Alô gurizada, pipa, papagaio.
Revisão de Sousândrade. "Agora como nunca estamos próximos de uma guerra nuclear".
Aquele sapato horrível de ponta gelo da Clark vou dá-lo de presente.
Qual era a chaga do filme?
Cada uma é encrustada em sua sorte? Quem não se acha quem se acha, quem se acha e não se acha?
Conformismo com excitação e desvairo. O que diz Lukács do papel da literatura burguesa.
Moura: "sentirão um fluxo divino".
He who desires but acts not breeds pestilence.
La plus belle fille du monde.
Essa da Berta, agora.

28/8/65

Cinema: as palavras servem à imagem
Teatro: a imagem serve à palavra.

13/9/65

*Parentesco entre Cinema e Romance:*
Pelo foco narrativo sente-se a presença de um mostrador de imagens que estabelece as estruturas. Por exemplo, em "A respeitosa", no começo vê-se uma campina atravessada por um trem-vagão reservado para pretos. Estabelece-se uma junção lógica entre as duas coisas porque está sendo contado. (O fato daquele vagão fazer parte daquele trem, apesar de ser tão lógico, parece estar sendo contado. A imagem em si parece não ter relação. A ligação que se estabelece é feita por nosso espírito.)
Por exemplo, *Cidadão Kane* é muito mais contado que mostrado (tem um sentido), tem uma dualidade maior. Tem as componentes kantianas de espaço e tempo.
A realidade de primeiro grau é o documentário.
História: coordenação de fatos, baseada em documentos, em volta de uma personagem que existiu. É isto? Walter Scott e seus heróis. Dumas e os reis da França.
Articulação entre ficção e realidade. Epopéia poesia-popular.

No hotel "Hotel" havia um curral.
No curral cresciam gansos com pescoço branco sem pêlos, longo.
Eles eram tão vorazes que para alimentá-los não era preciso desamarrar os sacos de cebolas, batatas e perus.
Aí, nós fomos para outro. Trepamos.
No laboratório térreo estava sendo dada uma aula de Filosofia. O tema: Hexogeneidade. Cheguei à porta nº 106, mas o mecanismo de controle não abriu a porta. Como funcionava à eletricidade e eu tinha horror à eletricidade, fui até a responsável para reclamar. Ela também tinha horror à eletricidade e, além do mais, tinha que atender outra cliente que havia chegado antes.
A estranha disse adorar as cores da campina, seca, concentrada, densa, mais antiga que a morte. Eu voltei ao nosso quarto que já havia sido aberto e sentei à janela e contemplei a campina avec un grand chagrin.
Comovi-me e chorei.
Um homem castanho abriu sua janela. Desceu precipitado. Cerrei as cortinas ansiosa.
O homem me viu.
Choro porque tenho saudade fictícia.
Essa terra esse sol esse mar
Eu também fui estudante de FFLCAHC mas não pertenço à Ação Católica
Suas pintas da pele o comprometeram.
Logo...

# SIMPÓSIO SOBRE A ESCOLA RENOVADA

Quésepasa?
Mais oui, mais oui... la coordenation des matières, l'étude du milieu l'étude dirigé...
On sait tout ça — déja.
Ça vient de la France.
et de Piaget
On a déja eût tout ça, pendant le Cours de vacances. Quoi, encore?
Do you help your brother?
your brother?/broda/: Yes, I help/ him a lot/.
Et Dona Mida, que regardait-elle de son regard maternellement interessé?
Le vieu boeuf, mon vieil ami... A vida, como vai a vida?
Hélas, a vida evolui.
E a pobre Astra, com seus amores judeus que não dão certo
Dá sempre a impressão de um mau estado.
Art is utteration.
Without expression there is no Art. Life, perhaps, but Art...
Chega. Cansei. We murder to dissect, not to realize.

        No more toil and trouble
        Close up those barren leaves
        Come forth and bring a heart
        That watches and receives.

        Vou receber o mar
        Vou derreter no mar
        Meu azul e meu dourado
        Sentir-me consolado
        Da pena capital?

Eh, Dr. Rivère, quem diria... Assimilar a experiência sem questionar as causas. Só que não foi a filosofia a mestra, a que exaure o espírito enquanto treina a mente.
Nem a vontade e, tanto menos, a regra.
Tudo, tudo o contrário.
Esperei o inesperado e o inesperado não veio. Ou, se veio, veio tão monstruosamente fantasiado que tive de procurar uma máscara mais horrenda que a dele, para rechaçá-lo.
Quantas vítimas, neste inútil embate.
Vítimas sim, e mais que todas, eu.
Aprendi a viver mas perdi o encanto, pois aprendi a mentir. Como posso ser espontânea, selvagem, generosa, se não mais acredito? A Verdade! Essa, agora. Não fossem as ilusões encantatórias e os delírios conscientes, há tempo teria dado cabo de mim.
Vivo o instante e o resguardo, e o prolongo justamente porque aprendi a fugir da moral. A existência ter sentido? Faz-me rir. Estou pronta para morrer a qualquer momento, como a qualquer momento morrem e vão morrer milhares de pessoas. Apenas os que crêem são insubstituíveis. Este o preço que você me estorquiu e agora vem com conversas de sentido? Não se preocupe. Dificilmente haverá pessoa mais equilibrada que eu.
Projeto e cumpro. Atinjo o valor previsto e muito mais, pois sou tensa e sensível.
Só que quando o atinjo já não me interessa, pois nele não acredito.
É tudo um jogo, um exercício. Jogo parcial, viciado. Gozo e sofro — são suas regras — tanto quanto os outros. Por quê? Ora, porque vivemos. Contradições há, claro. Resolvem-se quase sempre por inércia. Aprendi a não sofrer a não ser quando é preciso para um gozo maior.
Os outros? Que é isso, mestre, sou fiel a mim própria, astutamente, mas respeito a especificidade alheia. Com o silêncio, a distância, a estratosférica diplomacia (por acaso, não aprendi a lição?) consegue-se drenar a maior parte dos interesses para o objetivo comum. Se não conseguir? It was not meant.
O tempo passa e lava. Recalques? Tive-os. Concedo. Mas saciei minha sede. Os Abivais da vida já pouco me comovem.
Nem mais os sacrifico, como você me ensinou.
Cresci, Dr. Rivère. Estou inutilmente preparada para o que der e vier.
E digo mais. Se, por ventura, nossos destinos se cruzassem (outra coisa aprendi: não forço a mão do acaso, mas sei colher suas falácias com toda perspicácia) saberia persegui-lo mais que a Ada, a Hilda, a Silene ou qualquer outro triunvirato junto. Não lhe daria paz, onde estivesse.

Apenas, sua imagem se tornou caricatura,
Hoje, seres como você não me interessam. Tenho os que eu quero.
Relego-os, devagar, à sua última instância. Tal como faz a natureza, encerro seus cérebros confusos, como uma espada, na bainha escura, e aí, dou o golpe de graça. Agora, porém, é tempo que esta fase chegue ao fim. Não esquecerei, ao alçar a ponte levadiça, de deixar passar aqueles que tiverem, como eu, sorriso flexível e respiração vermelha. E então, hei de dar-me à emoção com toda a força de meu intento — sem nada questionar, pois nada mais quero a não ser que dure o tanto que tiver de durar.
Cansei desta vida, Dr. Rivère, cansei de ser uma puta intelectual.

# EPÍLOGO

30 - 10 - 65

"Il s'etait marié avec mademoiselle Guedes, beauté locale, de vieille famille d'Ilhéus, orfeline de père et héritière d'une plantation de cocotiers du cotê d'Olivença."

## UBATUBA, 15 DE NOVEMBRO DE 1965

Dólar forte em 1966. Aliás, cruzeiro não. O dólar já está 2.220.
Vaso de buxo comprido .................. 1.000
Cesta porta-papéis para não cair sempre ....... 1.000
sapatilhas ............................. 2.500
colar ................................. 1.000
farmácia .............................. 2.000
bolsa ................................ 4.500
cartas & jornais ........................ 500
                                        11.500

Delícia entrar na água sem touca.
Calicat. Calicut. Colicó. Coquelicot.
Schwartz e James, a dona Vera.
Caloteira?
Vou pegar todas as bolsas de pano, palha, saco e vou pendurá-las no quarto.
Chapéu de Ubatuba já não gosto mais.
Vou comprar aquele de feltro marrom ou não? Amanhã decido. E aquele de sisal?
Talvez não, porque deixa passar o sol.
Em compensação farei uma cortina de saco. E telefonar para Dona Rosa costureira, rua Prates, 243.
Vou também comprar corda para rede no clube dos engenheiros.
O elemento água componente do ambiente humano.
E a cobrinha amarela que encontrei embaixo do tanque com os parasitas que arranquei na fazenda ontem? Movia a lingüinha, a danada.

Peito artificial, casa Henrique ............... 3.800
Saia corrigan .......................... 38.000
vestido retirar ......................... 40.000
sapato retirar ......................... 20.000
peruca ............................... 35.000
calça Antonio ......................... 40.000

29 - 12 - 65

Querida Sara
    Eu e Antonio estamos pensando em ir ao Rio no Carnaval. Seria esplêndido se vocês pudessem nos hospedar. Escreva-me o mais breve possível e, caso você precise algo daqui (da "capital") terei muito prazer de trazer-lhe. Um abraço querido a você e ao Caio.

SANTOS 1 - 66

"especialmente agora que tinha mulher e que a paixão se avivava e pegava fogo na consumação do matrimônio. Tudo a alimentava. A fragilidade de sua juventude, a luz doce do olhar, dos cabelos, das carnes, sua delicadeza... aquela vez que no hotel, aquele estranho receio de machucá-la, com medo de não encontrar palavras para dar-lhe ânimo, quase com vergonha de si mesmo... e também lhe agradava perdidamente aquela confidência carnal que vinha agora aos poucos desfazendo-o, afogando-o, no calor intenso de suas carícias".

Nostalgia profunda da candura da infância em que tudo tem gosto de magia
Nostalgia cruel, dolorosa, eterna.
Agora que a idade madura já sobreveio
com a serenidade angustiante
de quem não pode mais esperar
o amanhã das coisas
Um prazer sem modos
insere-se nos atos
o excesso (pois não há como dosá-lo)
cansa, sem satisfazer.
Desconsolada, irremovível realidade
custas a conservar-te
e só mudas, logo
em pior.
Ilhas brilhantes às vezes
te semeiam.
rasgos de passado
que fingem
que confundem

se misturam
e desaparecem.
Permanece a essência volátil
incomunicável
da poesia
Uma lágrima nunca e sempre vertida
e por vezes, apesar de tudo, ainda e sempre.

COLEÇÃO PARALELOS

*Rei de Carne e Osso,* Mosché Schamir
*A Baleia Mareada,* Ephraim Kishon
*Salvação,* Scholem Asch
*Satã em Gorai,* Isaac B. Singer
*Diário de Bordo,* O. C. Louzada Filho
*Golias Injustiçado,* Ephraim Kishon
*Adaptação do Funcionário Ruam,* Mauro Chaves
*Três Mulheres de Três PPPês,* Paulo Emilio Salles Gomes
*A Luz do Dia,* O. C. Louzada Filho
*Equus,* Peter Shaffer
*Almas em Fogo,* Elie Wiesel
*Deformação,* Vera Albers
*Os Dias do Herói de seu Rei,* Mosché Schamir

Impressão e acabamento:
IMPRENSA METODISTA
Av. Senador Vergueiro, 1301
São Bernardo do Campo - SP